CHARACTER
FILE
「我也想要享受總裁文的待遇，
直接來火葬場不公平啊！」
施日畢
27 歲
歸國富少，預定接手
家族企業子公司「寵友」

薛明睽
32歲
人貓共食小吃店店長
「白米飯再讓爸爸吸一個……」
CHARACTER
FILE

「有吃的嗎？
不給吃的就搗蛋喔！」

白米飯

♂ 2歲

薛明睽的愛貓「四廢寶」

「本府玷汙了寶劍，
失去正義的光芒嗚嗚嗚～」

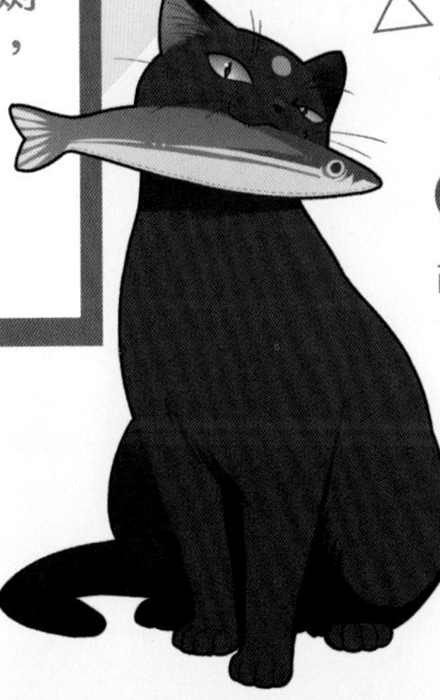

包太陽

♂ 6個月

薛明睽的愛貓「四廢寶」

「——我有允許你們發情嗎？」
豪車
♂ 4歲
薛明暌的愛貓「四廢寶」
「幫薛明暌，我們陪不了他太久。」
梔子花
♀ ？歲（成貓）
薛明暌的愛貓「四廢寶」
CHARACTER
FILE

貓咪戀愛戰爭

貓奴追求者的受難日常

下末方 著
頸椎 繪

Love Battle V.S. Cats

MENU・・・

Love Battle V.S. Cats

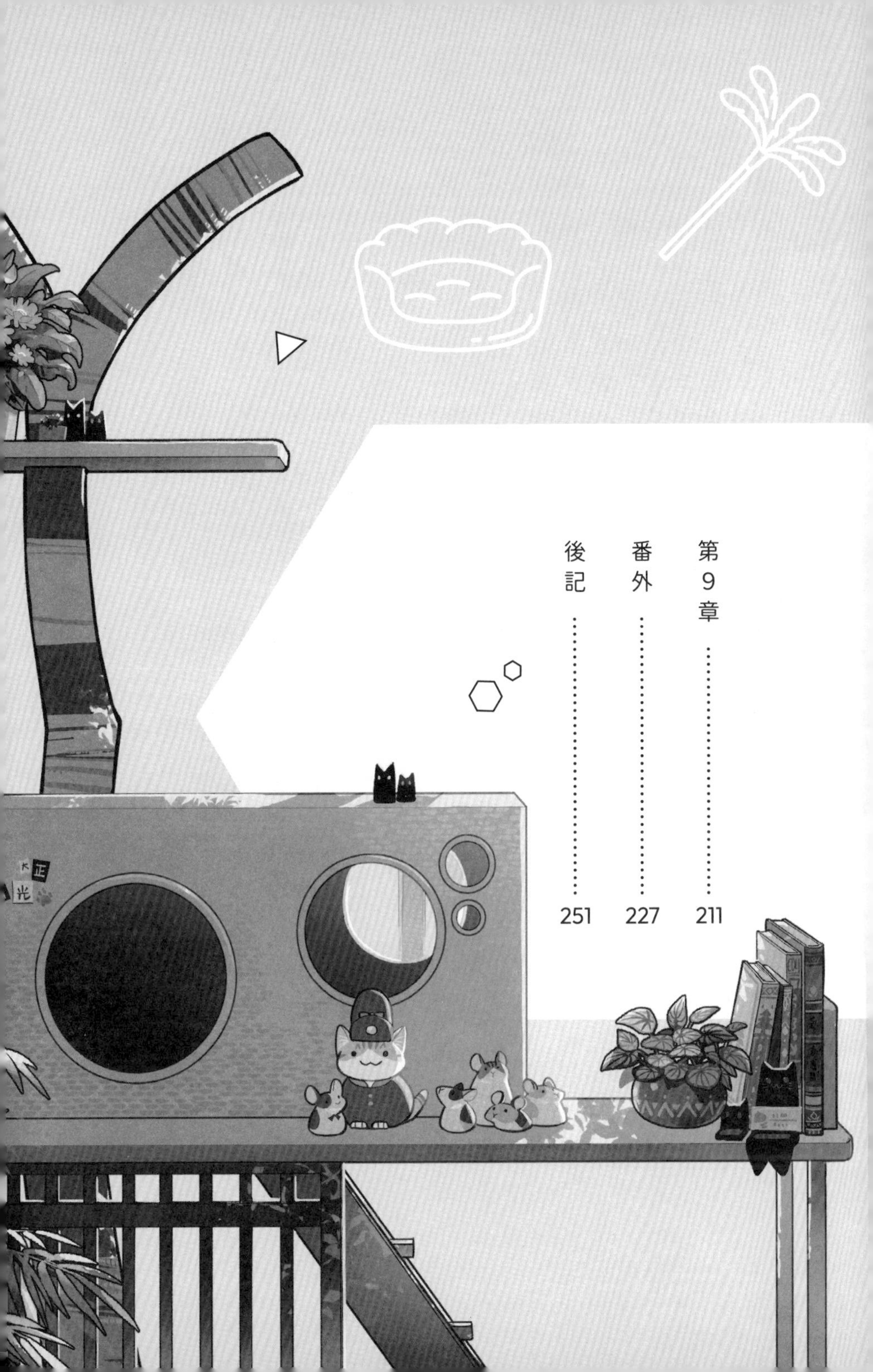

Love Battle V.S. Cats

第 1 章

CHAPTER

經歷漫長的歸國之旅，尚未踏上地面，光是走出機艙，一股來自亞熱帶的溼熱感撲面而來，若是再待久一點，溼氣和汗水黏貼皮膚就是末日般的惡夢。

這幾年在國外讀書，氣候乾爽舒服，偶爾兩天洗一次澡也沒問題，然而回國期間平均一天洗三次澡。

以為我喜歡洗澡嗎？不洗會很醜啊！

三日不讀書，便覺言語無味，面目可憎；三小時不洗澡，便覺油頭滿面，其貌不揚。古人都會想辦法讓自己避免面目可憎而維持讀書習慣，我想避免其貌不揚多洗幾次澡很正常吧！

溫度溼度夾擊之下，額頭即將滲出汗液。

我深感不妙，掏出手機致電管家：「回家第一件事就是要泡澡！要有點涼的水！」

「好的，少爺，請問這次氛圍需求是高雅精緻，還是溫馨懷舊？」

我與管家相識多年，就算這幾年聚少離多，他仍記得一些我的喜好習慣，這次記他盡責嘉獎一支。

畢竟一年多沒回國，沉浸「懷念家鄉」的氛圍來滋養心靈不錯。

管家聽了我的選擇，正經八百回道：「好的，少爺，我會為您準備好您喜歡的黃色小鴨。」

……這是懷舊沒錯，但我一個二十幾歲的成年人，怎麼能在泡澡時放黃色小鴨？

管家思量我的顧慮，立即修改方案，「好的，少爺，會為您換上成年人的黃鴨。」好傢伙，我知道他在逗我了，但我還是很想知道成年人的黃鴨長怎樣，聽起來色色的一定是因為我是成年人的關係。

「不要開黃腔。」我警告管家。

管家頓了頓，恍然大悟，「非常抱歉，如果是您五年前塞在衣櫃夾層的充氣娃娃，由於已經破損，在您母親的指示下丟棄了。」

我對它有點印象，膚色偏白，高高瘦瘦的，明明只是僵硬的娃娃，卻有一種慵懶中的性感。我一眼就相中它了，請朋友幫忙下單，宅配到府後才知道是情趣用品。

「居然破了……」

可惜，它的神韻做得很不錯……啊，我又掉進陷阱了對吧！

「那東西不是我的，而且為什麼我媽知道？」

「是的，少爺，忘了告訴您，那是在元宇宙發生的事情。沒想到那個娃娃真的存在，我無意讓您說出真相，非常抱歉。」

「……不要委屈自己做管家，做幹話王不好嗎！」我掛斷電話。

到底為什麼要留這個管家十年！

在大熱天跟管家對話竟然還被逼出滿頭汗，快醜到不能見人了，泡澡時放些什麼都無所謂，現在只想趕快回家。但是仔細一想……好像沒人接送我？管家只想知道我要用什麼東西泡澡，怎麼不是幫忙找司機載我回家？

我準備再打給管家時，手機螢幕冒出大哥的電話號碼。

「弟啊，有看到我派去接你的司機嗎？他從你上飛機時就在等你了。」

十幾個小時的機程？是有多怕接不到我？我張望汽車專用道，密密麻麻的各型車輛是要怎麼辨識出來？又不是浮誇的豪華轎車……

啊，真的有一臺亮白色的長型豪華轎車。

「亮白色那臺，哥特地買來為你接機的。」電話另一頭補充。

這個島國真容易使人汗流浹背。

滿懷羞恥坐上豪車後座，被空調支配的瞬間什麼羞恥心都沒了，心滿意足地靠在椅背，希望在泡澡之前不會再發生任何使我流汗的人事時地物。

司機寡言少語，讓我安安靜靜休息，一路開到連棟透天邊間戶。

這是哪裡？搬家了嗎？居然沒跟我說？

我下車探看。老家的透天別墅變成連棟邊間，難道施氏家大業大破產，我竟然一無所知嗎？我們家兼公司招牌黃金獵犬梅梅呢？家母精心養護的菜圃也不見了。

我滿腹疑惑，正想詢問這不是我家，話還沒說出口，司機一句「已送達，告辭」後，踩了油門疾駛而去。

與其說是接機司機，不如說是物流司機，宅配到府也要有人簽收啊。

這到底是哪裡啊？我在騎樓茫然張望，一樓有幾間店家，轉角有便利超商，約莫幾百公尺外有密集的高樓大廈，一眼就能看到我們家族企業的子公司「寵友」。

我們施家是食品產業起家，旗下有若干子公司，近十年才成立的「寵友」也是其中一個，主要業務是販售寵物食品和用品。

不會是因為要我去接班，乾脆把我架到附近住著？真是要瘋了，明明已經表達沒有意願了。

然而當時老爸的話再一次浮現腦海。

「你有想做的事情嗎？沒有吧？畢業後就當無業遊民也太難看了，去待著吧。」

堵得我無話可說。

老爸應該要換位思考，我這麼有錢有貌有智商的人，有一點缺點才顯得親和。

思及此事心情欠佳，天熱潮溼得令人更加煩躁，冷不防天降甘霖——何止是下雨的程度，根本是一桶水潑了過來。

事情發生得太突然，我愣在原地不知如何反應，上半身溼淋淋的，水珠滴滴答答地落下，渾身散發難以形容的臭味。

以往潑我髒水的人不少，第一次有人往我身上潑物理性髒水。

我看向旁邊，一位胖胖的青少年提著水桶，舔了舔白白胖胖的手背，抹順橘黃短髮。

這個動作古怪，但好像在哪裡看過。

「白米飯，你拿拖地水桶要幹嘛啊？」

隔壁傳來開門的風鈴響聲，隨即出現一名男人，圍著圍裙走到橘髮少年後面，輕輕敲了後者的腦袋，接過水桶發覺重量不對。

「你把髒水倒掉了？倒去哪裡……」

他的視線尋找四周，最後與我四目相交，想必清楚髒水的去向了。

男人身型清瘦，標準東方人的髮色瞳色，唯獨膚色白得不像話，長相清秀，幾縷髮尾亂翹，居家服鬆鬆垮垮的，圍著素色圍裙，毫無疑問是一個不注重打扮的普通人。

可是，為什麼呢？

儘管不夠帥氣也沒有好好打理髮型，瘦到顯得有點虛弱，可是那虛弱中散發的慵懶卻十分性感。

夏季微風拂過他的髮際，輕輕飄揚的髮絲像是羽毛似的劃過我的心尖。

他的髮鬢落下一滴汗珠，就算他有汗味，我有髒水的臭氣，依然有股令人神魂顛倒的氣息逐漸包覆了我。

他走了過來，說話聲音滿是歉意，聲線溫和，「對不起，應該是白米飯把拖地水潑到你身上，如果你不介意，請進來洗乾淨吧？」

他矮我半顆頭，從我的角度能從寬鬆衣領窺見鎖骨線條，甚至隱約能再看到更裡面點。僅僅一眼，禮義廉恥和成為正直男人的使命感促使我立刻移開視線。

不對，為什麼是我擔心非禮他？反過來說，我現在衣服溼得貼身，肌肉和胸前兩點若隱若現，我更該擔心自己被非禮吧？

那位橘髮少年悄悄走到男人身後，抽掉圍裙後腰的綁結，嘻嘻哈哈衝回屋內，隨即傳出一連串乒乒乓乓撞倒東西的聲音。

「白米飯！又皮癢了！」男人氣呼呼地轉身怒道，低首撓撓後腦杓，「怎麼這麼皮……」

後頸真是好看啊，真想咬咬看……

我回神過來，猛地搖搖頭，咬個屁……我的視線忍不住往下，圍裙的腰繩落在臀縫，透視圖自建腦海中，腦袋裡有炸彈引爆似的，心跳得越來越快。

我遮住會非禮男人的雙眼，「你把衣服穿好，光天化日之下成何體統。」

「呃？我嗎？」男人愣住，看了看穿著，不過沒有執著於此，「先不說這些，進來洗乾淨吧？」

腦袋仍在爆炸後的漫天灰燼中迷失方向，又被關鍵字刺激到中樞神經而口不擇言：

「光天化日之下，邀請男人一起洗澡，太……太不知廉恥！」

「……你自己洗，我不會一起的。」

他無語的眼神讓我瞬間清醒過來，該死我剛才說了什麼？

「少爺，您要站在自家門前多久啊？」

管家打開大門，面無表情地來回看溼淋淋的我和鄰居男人，「大禹治水是治理黃河氾濫，過家門而不入，不是把自己弄得氾濫成災，然後去找鄰居男人一起沐浴。」

話完，管家將浴巾披到我身上，朝鄰居男人點頭致意，「薛先生您好，我們家少爺多有失禮請見諒，容我稍晚再跟您致歉。」

「是我家人弄髒這位少爺，非常抱歉，請務必讓我賠償洗衣費。」

「弄髒少爺沒什麼，薛先生不用放在心上。」

一句少爺來一句少爺去，平時聽聽沒怎樣，怎麼就有點不爽了呢？

「我叫施日畢，你不要喊我少爺。」

鄰居男人點點頭，「施先生。」

我眉頭一挑，他是不是故意的？算了，剛見面就喊名字是有點強人所難。

我雙手插口袋，又問：「你呢？叫什麼？」

管家搶先一步幫忙介紹，「少爺，容我為您介紹，這位先生姓薛名明睽，在一樓自營人貓共食小吃店。」

誰要你代為發言啦！要不要開除他的念頭再次浮現。

薛明睽清秀的臉龐泛起笑意，頰上浮現淺淺的酒窩，「叫我明睽就好。請先帶施先生去梳洗吧，我會再登門道歉的，真的很抱歉。」

見他如此掛心，我有點心疼，「不用……」

「薛先生不用費心。」管家低穩的聲音蓋過我要說的話，甚至多餘補充一句：「我立刻帶少爺去有黃色小鴨的浴室泡澡。」

要不是這傢伙是竹馬，早就把他架到火刑臺燒了。

我斜眼瞪著管家，跟他大眼瞪小眼雙雙進屋。

泡冷水澡是夏天的小確幸，舒舒服服泡到散去熱意，掃去些許搭乘長途飛機的疲憊感。管家替我準備了三菜一湯，有了屋內空調，也有胃口吃幾口熱食。

一口菜一口飯塞入嘴裡，順道問問一堆疑惑。

「為什麼我被安排住到這裡？」

「不知道，老爺和夫人沒有交代。」

好吧，我再問問大哥好了。

「那我何時要去上班？」

「不知道，等您吩咐，我會依據上班日為您調整飲食作息。」

這句話跟以前上學時一模一樣，當時管家以協助我的生活起居為交換借住我家，開啟與我糾纏不清的管家人生。

除了個頭長大之外，管家始終如一。想起令人火冒三丈的舊日時光，我放下碗筷，問：「你是不是要一起住在這裡，三天兩頭惹我生氣？」

「是的，俗話說忠言逆耳，少爺不用掛心，我不會把您的暴怒狂言放在心上。」

這傢伙真的很有氣人的本事。

管家坐在我對面，倒了兩杯咖啡，「少爺接下來有什麼打算嗎？」

「休息幾天後去接班吧，至於休息幾天就不知道了。」

我想到這件事就心煩，放下碗筷不想吃了，接過咖啡杯，「反正有專業經理人在，不差我一個。另外不管你 Boss 我爸媽叮囑什麼，你也別一直煩我。」

管家喝了口咖啡，推了推根本不存在的眼鏡，「少爺，我是問您今天有什麼行程嗎？好讓很煩的僕人替您準備妥當。」

一定是這杯咖啡太苦了，害我差點嗆到，咳了幾聲，「記住，剛才你什麼都沒聽到。」

「是的，少爺，您剛才獨自進入元宇宙進行了一次虛擬時空對話，與您對話的不是我。」

運用科技概念形容對牛彈琴，真是一位走在潮流前端的白目。

「少爺，那個……」管家喊了聲，欲言又止。

這傢伙一定很高興我回國吧，損人損得上癮，但我是不會讓他得逞的，於是滑起手機晾著他。

管家不多糾纏，嘆息道：「好吧，我打算去鄰居家幫忙洗澡，看來您很忙沒空一起。」

這句話裡太多訊息，可不能無視。

「慢著，為什麼你要幫忙洗澡？你們還會互相搓澡？浴室是潔淨身心的地方，你一起進去是想幹嘛？」

別看管家人模人樣，他從國中時就是垃圾，明明女友換了十二個星座，還是以最美好的男朋友享譽愛情圈。

薛明睒白白嫩嫩的模樣，八成被吃遍豆腐都不自知。

雖然管家沒有交過男友，可是人面獸心，不得不注意點。

「薛先生養了很多貓咪，今天是洗澡日，我有空就會去幫忙。」管家神情嚴肅，負手在前，「少爺，容我提腦袋向您諫言，自您認識薛先生不到三小時，想跟他一起洗澡，又嫉妒我和他的薛丁格鴛鴦浴，您該收斂猥瑣程度了。」

經此一說，好像是我滿腦子不正經，我會反省的，但在那之前想問清楚一件事：「薛丁格鴛鴦浴，所以在我認為有的平行世界，你們真的有一起泡澡的意思？」

管家想了想回道：「在那個世界裡，少爺也會一起進來鴛鴦。」

夠了，對不起，我不要想像了。

管家忽然想到要去搶購超市特價品，於是將水果籃和選擇權一起交給我。

——請問您是要自己去道歉呢？還是要等管家爸爸血拼回來跟您去磕頭認錯呢？

他是沒有這麼說啦，但暗示性強烈。開玩笑，我是一個要道歉還得家長陪同的巨嬰嗎？

身為有擔當的成年人，我獨自提水果籃前來鄰居家。

門口木製掛牌寫著「人貓共食小吃店營業中」，標題質樸，目標明確，一眼就能引出好奇心——難道身為人類品種的我，也能吃乾乾和罐罐嗎？

我推開門，隨之發出了清脆的風鈴聲響，引起店裡幾個用餐客人的注意，但我猜是因為有其他更讓人在意的事。

一個染了銀白色長髮的美女穿著清涼，坐在窗邊桌上望著窗外，像在擺拍的姿勢，可是沒有任何攝影器材。一個黑髮美男不顧營業形象睡在店裡，長手長腳蜷縮在懶人沙發，大概是日光燈太刺眼而將雙手蓋在眼睛上。一個髮根染白的布丁頭少年站在角落，抬首看著什麼也沒有的天花板。一個胖胖的橘髮少年在店裡到處遊蕩，時不時叫著其他桌的客人「哥哥、姊姊」來獲得投餵。

這麼自在，看起來不像店員。這麼自在過頭，看起來也不像來客。

「白米飯！你又亂吃客人的東西！」

薛明睽的聲音喚醒迷失目標的我，這幾個傢伙出格到讓人忘記來幹嘛，真是妖孽。

「喂，薛明睽。」我是想親密地喚他名字，為什麼乾巴巴的？這樣不行，我又遞上了示好的水果籃，「給你，道歉的禮物。」

薛明睽神情茫然，沒有接過籃子，「施先生沒有做出對不起我的事啊？」

啊，對啊！為什麼我要來道歉！該死的管家又設計我了是吧！

「釋迦、芒果、蘋果。嗯，是之前清奧先生開團購的水果吧！謝謝你幫忙拿來！」薛明睽這才接過水果籃，笑出了小酒窩。

酒窩是陷入戀愛的捷徑對吧？我感覺暈頭轉向，真不像話。一見鍾情是低機率事件，施日畢的一見鐘情就是隕石砸地球般的機率，要不是就是當事人，我直接叫薛明睽趕快去簽樂透。

可能只是一時意亂情迷，我要冷靜點。

「啊，有空的話坐一下吧，請你喝點東西。茶類都可以嗎？」薛明睽捧著水果籃歪頭詢問。

一時意亂情迷……冷靜……我呆愣愣地點頭。

「叔叔。」店裡那個橘髮少年扯了扯我的衣服，歪歪頭笑問：「有吃的嗎？不給吃的就搗蛋喔！」

是啊，施日畢清醒點，歪頭這麼矯揉造作的動作不可能這麼可愛，薛明睽歪頭那麼可愛一定是有濾鏡效果，自戳雙眼能解除魅惑狀態嗎？

「我要吃肉！」少年討食的目標更明確了。

「我沒有吃的。」

乳臭未乾的小鬼頭竟然討吃的討到我身上了，我像是會隨時攜帶零食的人嗎？

「什麼……那我要搗蛋了！」

橘髮少年瞧眼端著飲料過來的薛明睽，頓時嬌弱地跌倒坐地，眼眶泛淚，「爸爸……壞人欺負我！」

眾目睽睽之下公然說謊，我可不怕喔。

「他自己跌的。」但適時為自己辯白才不會成冤案。

薛明睽嘆了口氣，拉起少年後拍拍灰塵，「廚房櫃子第二層的第三個盒子的密封袋有零食，你自己去開。」

「耶！謝謝爸！」橘髮少年樂得蹦蹦跳跳跑到門簾後。

「我沒害他跌倒。」我悶悶地再次強調。

「我知道啊。白米飯就是愛吃，如果惹你不快，我代他向你道歉。」沒誤會就好。

但希望有個誤會是真的誤會。

「他是你兒子？」

「嗯啊。」薛明睽毫不猶豫點頭。

我居然對有婦之夫起了非分之想……

「不對不對，不是親生的。」薛明睽苦惱地揉揉眉心，「該怎麼說……」

兒子是否親生的問題複雜到難以解釋……我腦內展開各種八點檔路線。

「爸爸……不要我了嗎？」橘髮少年白米飯不知何時又回來了，嚼著小魚乾，圓圓大大的綠眸閃爍著難過的淚光。

少年你可以先放下或吐掉小魚乾再演戲嗎？

薛明睽抱住少年，「不要胡說，爸爸當然不會不要你啊，你就是我兒子白米飯！」

「我就是爸爸的白米飯！好吃！」白米飯頭頂蹭著薛明睽的臉頰，一隻手還不忘拿一根小魚乾塞進嘴裡。

管家死去哪裡了？我需要管家替我吐槽。

店內客人對於這場滑稽又溫馨的親子短劇不陌生，紛紛露出鄰居阿嬤喜看孫的笑容，難道這就是薛明睽的魅力嗎？如果是這樣，我得坐下來好好考察一番。

親子劇是突發事件，不是常態，薛明睽工作忙碌，從廚房炒菜擺盤端菜上桌都是自己來，還要抽空應付白米飯意圖偷吃的行為。這時他會從圍裙口袋掏出肉泥條，少年便興高采烈地找地方坐著吃。

我對零食不太了解，難道超商也有賣這種像貓咪肉泥條包裝的零食嗎？

熟練應對白米飯只是其中一個突發事件，薛明睽途經懶人沙發時，原本蜷縮睡覺的黑髮男人忽地伸直雙腿，薛明睽避之不及而絆倒。

「豪車……說了幾次別在人來人往的地方伸懶腰啊……」薛明睽摀著鼻子。

「跳高點不就好了，弱雞。」豪車不顧形象打了大大的哈欠。

「如果你又絆倒客人，我會生氣喔。」薛明睽板起面孔警告。

兩人大眼瞪小眼。好半晌豪車起身，手插著外套口袋，故意蹭了薛明睽手臂一下。

薛明睽維持不了凶臉，噗哧笑了起來，踮腳摸摸男人的頭髮，「好啦，別撒嬌了，我沒生氣，下次別這樣了。」

「哼。」

豪車走去搶白米飯的零食，仗著身高優勢舉著手逗小男生，而薛明睽滿臉這兩個孩子真是可愛極了的父愛臉。

居然如此包容屁孩行為，甚至感到欣喜，薛明睽不愧是擁有奇異魅力的男人，我會目不轉睛絕不只是一見鐘情的效果。

管家不知何時也來到店裡，提著滿滿戰利品的環保袋，大得不像樣的白蘿蔔探出袋子，十分顯眼。

「少爺，您知道偷窺狂通常是小心翼翼窺視，暴露狂則是恨不得在受害者面前暴露點什麼。」

我拿起白蘿蔔打量一番，「沒頭沒腦地說什麼？」

「請您別再用暴露不可明說欲望的目光加害薛先生了。」

「你大可直說是愛慕的眼神。」

居然被形容得這麼猥瑣，該死的管家。

「請您別再用愛慕的目光加害薛先生了。」

忍住啊，施日畢，不能在薛明睽面前打人。

「啊，清奧先生！」薛明睽注意到管家，笑容滿面地朝我們走來。

我是有點嫉妒，希望他只看著我這麼笑，於是用白蘿蔔擋住管家的小鼻子小眼睛。

「薛先生辛苦了，晚點要不要一起吃點宵夜呢？」

「好啊，餵完我們家四個小傢伙就過去，我會帶點小菜的。啊……突然好想喝蘿蔔排骨湯啊。」

你們隔著蘿蔔說話，還想煮了眼前的蘿蔔，怎麼不邀請拿著蘿蔔的我一起吃蘿蔔！

管家瞧了我一眼，越過蘿蔔跟薛明睽打Pass，用全世界都覺得不是悄悄話的音量說話：「少爺希望您邀請他，不然要鬧彆扭了，瞧少爺那臉開始臭了。」

摸著良心說說，我那是鬧彆扭的臭嗎！

薛明睽笑了起來，將我手上的蘿蔔拿走，「像貓咪一樣的日畢先生，要不要一起吃宵夜啊？」

我為人矜持，沒有立刻答應，側過身假裝思考一下，「如果沒有管家在，倒是可以考慮。」

「晚上九點半後您的管家會下班，施日畢的好朋友田清奧就上線了。」管家給了我一個少爺您想得美的 Wink。

「你們感情真好。」薛明睽似乎有些羨慕。

「從小時候開始的孽緣而已。」我抗拒這麼友善的詞彙套在我和管家身上。

「竹馬都這樣的，兩小無猜，哈哈。」薛明睽不以為意，還能打趣一句。

管家瞧我臉色，搖搖頭，「薛先生，要知道竹馬打不過天降啊，我這竹馬算什麼呢。但沒關係，我願意讓給天降。」

這是要幫我還是害我？為什麼他要跳進根本不存在的三角戀！

薛明睽聽得一頭霧水，但歸納出重點並語重心長地勸說：「要好好對待清奧先生啊。」

「是啊，少爺，下個月請幫我加薪吧。」管家立刻補位。

啊……我那蓄滿能量的小拳頭快不受控制了。

不能再繼續留這個管家了。我擋在薛明睽面前，眼神威嚇這傢伙趕緊離開，並提出管家職責分內的要求：「晚餐我要吃豬腳麵線，你來得及滷嗎？」

管家面露苦惱，感到為難，「好吧，雖然很麻煩，但我會拿出十年前為出獄的朋友做出讓他感動落淚的豬腳麵線的實力，讓少爺吃上彷彿忘記牢獄之災的豬腳麵線。」

「我沒坐牢。」我轉頭跟薛明睽說清楚：「我是剛回國。」

薛明睽還沒開口說話，白米飯抱住他的手，眨了眨綠眸，「爸爸，我也要吃肉。」

管家似乎挺喜歡這個小胖子，彎腰哄他：「小米飯，你爸晚點要幫貓咪洗澡澡，哥哥帶你去吃肉肉啊。」

「我不要啊！」

白米飯嚇到跳起來，驚慌失措地奔到角落，讓原本坐著打盹的髮色半白半黑少年醒了過來。

「……幹嘛啦？要吃飯了？」

白米飯臉色緊張，搖著他的肩膀，「包太陽，今天要洗澡啊！」

「什麼！還不快跑！」少年包太陽頓時睡意全無，拔腿就往屋內衝。

「等我啊！」白米飯隨之在後。

「啊，你們別爆衝啊！」薛明睽很是緊張，向我們道歉：「我去處理這幾個孩子，先失陪了。」接著匆匆回屋內找兩個屁孩。

啊……我們甚至沒聊上幾句話……

管家心滿意足地莞爾，「這幾個小朋友跟貓咪一樣不喜歡洗澡呢，真是可愛。」

或許是一段時間沒跟管家見面，他的變態上升到令人髮指的程度。

我朝他的屁股踢了一腳，「別變態了，快點回去滷豬腳。」

「好吧，那麼少爺就留下來幫貓咪洗澡吧。」

「我為什麼要做這種事？」

「容我稟告幫貓咪洗澡的優點。」管家輕咳一聲，「水花打溼了貓毛，貓咪甩了甩身體，濺出來的水花則會打溼了薛先生的衣服。在狹小的浴室內，我們的衣服都溼了……」

我等著他繼續說下去，可是遲遲沒有下文，才注意到他似笑非笑的眼神，氣頭上來，下達最後通牒。

「你給我回去滷豬腳。」

管家恭敬聽令，提著購物袋回去。

嘖，八成是玩夠了才這麼聽話。

踢走了絆腳石，但是總不能未經同意擅闖住宅，我看向標示「非員工請勿進入」的警語，深深感到遺憾。遺憾的主要成分是沒辦法再看薛明睽幾眼，次要才是一起幫貓咪洗澡。

「那個，可以結帳了嗎？」

兩名女客人叫住我，她們以為我是員工嗎？算了，反正我也沒什麼事，幫忙結帳只是順手之勞。我走到櫃檯，結帳完後，兩位女客人樂呵呵地準備離開。

「這間店貓咪可愛，有帥哥有美女有美少年，現在又多了一個冷峻帥哥呢！」

「不過跟豪車的風格有點像呢。」

「外型是有點像，但豪車痞痞的，不時會跟店長撒嬌……啊，真是……太糟糕了。」

「我懂……真的很糟糕啊。」

嘴裡說著糟糕，跟她們臉上那種幸福美滿的笑容對不上啊。

目前晚上七點半，店內只剩一桌客人、一名依舊在窗邊桌睡覺的白髮美女，一名躺在沙發發呆的豪車。

沒有店員看顧，薛明睽的經營方式真是既忙碌又隨心所欲。

我乾脆坐在櫃檯等最後一組客人結帳，至於其他兩人一派我是此地住戶的隨意姿態，應該不用管了。

待所有客人結帳完畢，現場安靜下來，我思忖著等會向薛明睽道別後便回家，然而舟車勞頓的旅途勞累忽然湧上，撐不住眼皮的重量，眨了幾次，直到最後再也撐不起來。

在黑暗的視野中，意識逐漸朦朧不清，恍惚間傳來貓咪的叫聲。

對了……人貓共食小吃店，有貓很正常……貓在哪裡……？

最終，我在疑問中昏睡過去。

Love Battle V.S. Cats

第2章

CHAP 2 TER

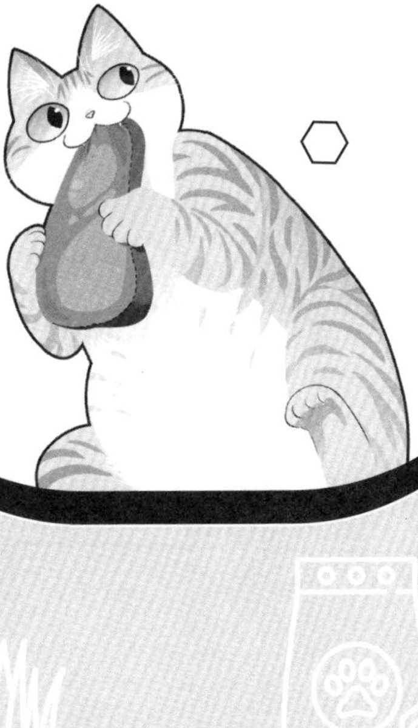

第二天早上睜開眼睛，我是誰我在哪裡我在幹嘛三合一疑惑席捲而來。這是失去昨晚記憶，簡稱喝斷片的意思嗎？

記得昨天在薛明睽的店裡，該不會……？

我心頭一驚，掀開棉被。睡衣穿得好好的，沒有蹂躪過的痕跡，而且這不是我房裡的睡衣我房裡的棉被我房裡的床嗎？

原來如此，真相就是什麼事情都沒有發生。

施日畢，振作點，身為正人君子不該為此產生失望的心情。

但是，我總能為其他事失望了吧。

說好的一起喝蘿蔔排骨湯呢？跟薛明睽面對面，你一碗我一碗熱騰騰的湯，用熱湯暖暖胃，了解彼此暖暖心，氣氛一來再靠近一點點，多麼美好的畫面，怎麼能直接抱我回家？對，如果是抱我回來，我得去好好道謝才行，說不定還有機會喝到那碗蘿蔔湯。

我下了床，飛快梳洗一番準備衝向康莊大道。

在廚房準備早餐的管家出聲阻止了我奔出門的心，「少爺不會是一起床就想去打擾薛先生吧？」

不能停止動作，這傢伙八成不懷好意。我繼續穿鞋，「道謝而已。」

「摸了人家的奶的謝意嗎？少爺啊……」管家又搖頭又嘆氣，舉手投足盡是責難。

我看向雙手，張握手心感受曾經的肌肉記憶，這雙壞東西趁主人失去意識襲擊心上人的胸，主人不記得還得替它們背鍋。

我遲疑地問：「……他生氣了？」

「難不成要享受嗎？少爺啊……」

這位管家嘲諷起來真夠氣人的。

老實說，如果薛明睽偷襲我，我會滿開心的，不過反過來說就是性騷擾啊。

「我去道歉。」

男子漢有錯當認，我打開門走到隔壁。鐵捲門開了一半，此刻尚未到營業時間。我蹲身確認裡頭有沒有人，只見一隻胖胖的橘貓剛好坐在門前，隔著落地窗與我四目相交。

橘貓兩腳扒著落地窗亂抓，白白軟軟的貓肚子晃來晃去。

牠是想幹嘛？這是貓咪威嚇警告的手段嗎？

此時一隻叼著魚玩偶的貓咪奔跑過來，在橘貓背後蹬腳一跳，魚尾巴劃過橘貓的腦袋瓜，接著乾淨俐落地落地，昂起頭來，一身黑毛下顎頭那滿月形狀的圖案格外顯眼。

橘貓揮爪巴了滿月黑貓的頭，兩隻貓咪大眼瞪小眼，喵來喵去似乎在鬥嘴吵架。

他們到底在幹嘛？小學生吵架嗎？真是神奇啊。我看得津津有味。

貓咪的異狀引來屋內主人薛明睽的注意，正朝落地窗走來。

啊啊，我現在臉夠帥嗎？道歉的表情夠誠懇嗎？等會要先說什麼才好？一下子就說襲胸的事會不會太突然？

想得太多反而手足無措，正猶疑不決的時候，薛明睽蹲下了，接著被窗外蹲著的我嚇到跌倒了。

「沒事……」

我想拉他一把，結果一頭撞上落地窗，在明亮清爽的早晨，發出響亮的「咚」聲響。

薛明睽身高矮我一截，為了在我的額頭貼上ＯＫ繃而舉高雙手，彷彿投懷送抱的俯視角度真是絕美風景。

他在貼上ＯＫ繃後拍平兩下，拍得我回了魂，對上眼前人納悶的面容。

「日畢先生還是很累嗎？」

「日畢……？」

為什麼稱呼升級了？

「啊，你應該不記得了。昨天抱著我不放，要求我喊你名字呢。」

不知道昨晚發生什麼事，面對襲胸、強抱又威脅，薛明睽竟然依然泰然自若，難道事態沒有我想像的嚴重嗎？

薛明睽似乎在觀察我的眼袋，「昨晚你睡得很沉，我和清奧先生扛著你回家，撞到桌角都沒醒，沒覺得哪裡痛吧？」

如果是管家問我，我會懷疑他是不是不小心對我阿魯巴，既然不是管家就能相信人性本善。

「沒事。」我搖搖頭，「比起這個，對不起，聽說我非禮了你。」

「什麼非……」

說這時那時快，薛明睽話未完，那隻叼著玩具魚的滿月黑貓從某一處助跑彈跳，中途以薛明睽的背為中繼站，蹬著他的背跳上天花板的吊燈，而薛明睽因為反作用力一頭栽進我懷裡，我的雙手基於反射動作接了名為愛情的好球。

這家的貓咪其實是月老的使者吧？

「痛……」

薛明睽一喊疼，我急忙摸索他的後背，貓咪的著地點說不定破皮了。

「好像有點擦傷，我幫你擦藥。」

薛明睽肢體僵硬，耳朵泛著紅，支支吾吾地說：「手拿出去啊……」

我這才意識到右手摸到人類皮膚的觸感，這隻手居然探進衣服上下其手。明明是來為非禮致歉，結果當場二犯，罪加一等。

我什麼綺想心思都沒了，立刻遠離一公尺道歉。

薛明睽怔愣，接著噗哧笑了起來，「為什麼搞得像酒後亂性啊？」

他拿起醫藥箱，背對我掀起上衣，「都非禮過了，能請日畢先生幫忙嗎？」

如果我現在是未成年，這種色誘手法可是有犯罪嫌疑的。

我小心翼翼替他上藥，已經醜二了，可不能有色胚的形象。

橘髮少年白米飯不知何時站到薛明睽面前，雙手按上他爸胸前來回按壓，「爸爸，什麼是非禮啊？」

這種行為就叫非禮！我瞪著小屁孩。

薛明睽不覺得奇怪，反倒笑了起來，抓住小胖子的鹹豬手揉揉捏捏手心，「就說爸爸是公的，踏踏也踏不出奶，我們白米飯幾歲啦？」

這樣也行？天底下的父親都該以他為榜樣。不對，這時候不是應該喝斥小孩不可以性騷擾嗎？這年紀應該讀國中了吧，這樣可不行啊。

我委婉提醒他一句：「寵孩子可以但不能溺愛。」

「謝謝你的提醒。不過放心，這幾個孩子只會對親近的人這麼做。」薛明睽一點也不擔心。

「這幾個？還有誰？」會揉他的胸的人居然還是複數型態？

薛明睽掃視店內一圈，指了天花板的滿月黑貓，又指了蜷縮在沙發睡覺的黑髮男人，以及坐在櫃檯啃小魚乾的高冷銀髮美女。

我無法理解把人和貓不同物種混為一談的原因，這個魔性的男人搞得我心裡好亂啊。

「日畢先生也是啊。」

「我？」

「昨晚抱著我一直蹭我的胸膛啊。這也是日畢先生的親近行為嗎？我以為只有貓咪才……」薛明睽搔搔臉頰，面有赧然。

真的是不要臉，直接用臉去非禮別人……我德性有虧，愧於見人，未來三天閉關反省吧。

「不用介意啦，我知道你沒有惡意。」薛明睽見我無法釋懷，想了想，「如果覺得抱歉，不然今天請你幫忙看店如何？」

「可以。」我立刻答應，一則替他分擔，二則可以藉此擁有合法相處時間。

「謝謝，我今天能輕鬆許多了。」

「你一直是自己開業嗎？這幾個年輕人不是員工？」

我是真的好奇這四個屁孩到底是什麼角色定位。

「嗯，他們……是跟我一起住的孩子，不是員工。但都長得很好看吧！有些客人會特地來看他們呢！」

一次帶四個外貌上佳的年輕人，這是經紀人帶團出道嗎？

「你自己備料、開店營業、招呼客人、備餐上餐，忙不過來吧？」

甚至要照顧這四個小白臉。這句話心裡補充。

「還好啦，做這些事很開心，我不會勉強自己的。」薛明睽憨憨地笑。

笑容如此可愛得以證明，我沒有不相信的道理。

身為富二代，從小不愁吃穿，以培養管理公司能力、協助家族事業茁長為目標長大成人。或許有人對富二代有欠缺庶民常識的印象，我自認不到何不食肉糜的程度，但是庖廚事宜、端盤上菜、服務客人一概沒做過，因此連連做出失態之舉，例如：切菜切到差點在砧板留下血跡斑斑的小熱狗、端菜上桌的服務禮儀不到位……諸如此類不一一贅述。

總結，我被安排在櫃檯結帳。

將一位坐擁公司規模上百人的老闆預備役放在結帳位置，薛明睽，待你追我跑火葬場的那天，沒給老闆男友位置我是不會回頭的。

對於一間坪數不大、來客量普通的店面，單獨安排一位結帳店員實在浪費資源，不然就會像我一樣成為閒置村民了。

薛明睽自己一人做到這種程度已經很不錯了，若沒擴增人力恐怕難以繼續擴大經營，不過也有可能擁有一間小店便滿足了。

當老闆至少要有這種熱忱吧？將「寵友」交給我，我也無心經營，大哥不怕直接被沒有野心和熱情的我搞砸嗎？

說起「寵友」，公司成立至今多半靠著大哥和聘請的專業經理人撐起來，然而大哥的事業重心都在主力產業，亦即是說「寵友」多半是專業經理人處理公司事宜。事到如今將專業經理人留給我，有沒有我很重要嗎？

下週一要去報到，我毫無交接之意，意圖賴在薛明睽這裡一陣子，反正專業經理人幹了幾年，不差十天半個月吧。

我正準備構思拖延報到計畫，一道聲音打斷了思緒。

「你是新來的員工嗎？」

結帳的女客人明顯是熟客，這句話難道是暗示她比我更早認識薛明睽嗎？這點招數電視劇都有教。

被害妄想症真是搞笑了。

我正要回應，胖胖的少年白米飯忽地衝來撞開我，半身靠在櫃檯，朝客人仰頭，「他是我的新奴才，負責打掃廁所的！」

女客人噗哧笑了出來，摸摸白米飯的頭髮，「有抓癢癢的奴才姊姊，還有打掃廁所的奴才哥哥，真是貪心鬼。」

長出白髮的布丁頭少年將玩具魚夾在腋下，一起擠到櫃檯。

「本府也要摸頭，不可以他有我沒有！」

少年名叫包太陽，不知爸爸是誰，取了如此怪異的名字。在髮根處染白色是最新潮流嗎？

女客人雙手揉揉兩顆頭，結完了帳，心滿意足地離開。

跟貓咪一樣愛討摸摸，又會爭風吃醋，小朋友的鬥嘴反而增添幾分可愛……原來如此，這是寵物餐廳的服務環節吧。但是太肆意妄為了，應該要做好員工教育訓練，偏偏他們不是員工只是愛搗亂的屁孩，真是心疼薛明暌。

不對，我幹嘛在意他們？幾個怪咖而已，別想阻攔我追尋幸福的腳步。

我負手在後，前去廚房找薛明暌。他正在將雞胸肉切丁，我站到旁邊試圖培養感情，然而外頭客人一聲招呼，他向我賠不是後便快步出去，沒多久匆匆回來將雞胸肉放進電鍋，接著轉去洗米煮飯，在廚房內外來來去去，讓人難以抓準時機搭話。

明明是近水樓臺能得月，跟我想得不太一樣啊，得有人減輕薛明暌的業務壓力才行。管家嗎？他可以，可是為人聒噪，說話毒舌，性格白目，別說協助，別妨礙便是祖上燒香了。

左思右想人選非我不可。現在的我什麼都不會，可是施家少爺天資聰穎，學一學不就好了？不只學習時能跟薛明暌一對一一步步教學，為他減輕負擔後還能一起聚餐喝酒、假日看看電影逛逛街……怎麼想都不虧。

趁著店內人潮離峰時段，我向薛明暌表明希望成為店裡員工的想法。

「可是我現在沒有聘僱員工的預算耶。」薛明暌說。

呵，早就知道會這麼搪塞我。

「不用付薪水，我希望能實際掌握基層工作。」

「少爺不缺錢……」薛明睽打了下嘴，「抱歉，不小心說出來了。」

這種嘴人套路……該禁止管家來薛家了。

我得展示擁有我的優勢。

「你就當我是免費勞力，雖然我沒當過服務生，但一向學得快。而且我攻讀企業管理，能協助你的事業發展。」

薛明睽想了想，笑說：「你不介意當義工嗎？也不用找正職嗎？」

「暫時不用。」專業經理人撐得住。

「真的嗎？讓你做義工，有點過意不去啊。」

談判是攻心為上，我繼續加碼道：「你聽田清奧叫我少爺，應該知道我不缺錢，不用擔心我的經濟狀況。你想想自己的情況，一手包辦店裡的事情，還得分神注意小胖子和布丁頭兩個小朋友別亂跑，另外那兩個年輕人舉止怪異，同樣要小心他們嚇到客人。你有這麼多事要做，容易顧此失彼，就算工作我幫不上太多忙，照看幾個小朋友還是有辦法的。」

不知何故，薛明睽仍不太同意，「嗯——不過經營一年多了，應該沒問題吧？」

「只怕萬一，意外通常發生在放下戒心的時候。」

薛明睽望著店內的貓咪和怪胎們，這才敗下陣來，「那……麻煩你了。」

這輩子沒有打工經驗，上工第一天有點小激動。原以為自己在辦公室戀情劇情是霸道總裁的定位，沒想到有朝一日變成職場小菜鳥。

按照劇本套路，我會懷著復仇和難以自持的情意，跟餐廳老闆薛明睽來一段虐身虐心、可歌可泣的故事吧？就算被薛明睽羞辱，我也要忍辱負重，直到重返公司坐上總裁大位，揪住他的小臉，冷哼說著「你也有這一天」後深吻他。

當然，如果在這之前就能修成正果，我不介意直接跳到深吻橋段。

以上只是個人表達小激動的假想情境，如有屬實純屬巧合。

我拍拍臉頰穩穩心神，既然是值得紀念的一天，不如來點儀式感，換上萬年不敗的三件式西裝戰袍，橫掃整間辦公室，戰袍加身的我就是最亮眼的星星。

我這才滿意下樓，管家正端著玉子燒，一瞧見我便滿臉嫌棄。

「少爺，您是去工作還是去相親？」

在我的目標上，這兩件事是一樣的。

見我充耳不聞，管家拿出一套毫無美感的廉價橘色連身衣，「請換上這套吧，不要讓薛先生苦心經營的店面變成 Cosplay 主題餐廳啊。」

「這個有點醜。」

「少爺穿什麼都上相。」

有道理，可是衣服真的醜。

管家苦口婆心勸說：「您不知道這是市面上常見的工作服嗎？薛先生也穿過呢。您是瞧不起薛先生嗎？瞧不起別人還想君子好逑？」

不好，我沒有辦法反駁……忍辱負重不是開玩笑而已嗎？

我臭著臉換上連身衣工作服，草草吃飯後前去隔壁上班。

來到「人貓共食小吃店」，店面鐵捲門已經拉開，門口仍掛著準備中的告示牌，這點阻礙不影響已經有合法身分進出的打工仔。

「喵——」

甫進門，貓叫聲此起彼落，略顯昏暗的空間劃過幾道飛奔的殘影。幾隻貓咪在高低落差的家具間跑酷，不時撞倒這個，不時踢飛那個，請問我得冒險穿梭槍林彈雨才能見到薛明睽嗎？

這年頭貓咪如此凶殘，是為了適應越來越殘酷的世界而進化的關係嗎？我沒有把握安全渡江，至少得讓牠們的行動無所遁形。

我順著牆壁去櫃檯附近開燈，燈一開，不知何時開關附近椅子坐了一個男人，正望著窗外發呆。如果這時慢慢轉過頭來，想必會把我的戀愛喜劇搞成恐怖鬼片。

記得他叫豪車，據說跟我撞屬性，讓客人左右為難選誰才好，如此一來有可能是我的情敵，可是我們哪裡屬性相近了？

為了一探究竟，我主動向豪車問好：「午安，豪先生。」

豪車一副撞見白痴的表情，甚至翻了個白眼，「豪你個鬼，叫主人。還有滾遠點，裝熟的奴才真噁心。」

瞧瞧，我這麼知書達禮，雖然面上不多話，表情少了點，但認識我之後便知內心世界之五彩繽紛，橫看豎看哪裡跟他撞屬性了？這天要下六月飛雪了。

豪車出言警告：「喂，我知道你有什麼意圖才接近我們這裡，別想對軟柿子薛明睽下手。」

沒想到這個怪咖心思細膩，竟然知道我意圖追求餐廳主人的心思，看來我的頭號警戒對象非他莫屬。

「你和薛明睽什麼關係？」

「他是我的人。」

我一愣，欲繼續追問，「等等，什麼意思……」

此時店內跑酷的貓咪踢倒了裝飾品發出巨響，嚇得豪車縮起肩頭，或許是惱羞成怒，朝兩隻貓咪喝斥：「胖橘！布丁頭！給我安分點！」

額間白圓的貓咪聞聲驟停，另外一隻橘貓則跳上豪車的頭頂坐下。

豪車拎起橘貓，「靠！屁股沒洗乾淨還敢坐我頭上！」

「喵——」

「我？說什麼夢話，我才不幫你舔屁股。」

「喵嗚——」

「少來，有種你先幫我舔啊。」

真的假的。雖然不知道怎麼對話，但內容過於駭人聽聞了吧！

「豪車你又跟白米飯吵架！」

薛明睽抱著貓糧，塑膠袋的聲音讓在場除了我之外的生物豎起耳朵，一人一貓化干戈為玉帛，齊齊匯聚到薛明睽附近。

面對兩隻貓、一個豪車及一名緩步走去的銀髮美女，薛明睽一視同仁給予摸摸頭，最後才注意到我。

「日畢先生來了啊，今天就拜託你了喔！」

薛明睽一手摸著據說跟我撞屬性，還聲稱關係匪淺的豪車頭髮。

身為一個認識沒多久的人，我的排序在尾末是正常的，沒摸我的頭髮也是正常的。往好處想，這是逆襲戰的樂趣……我悲涼地擦拭內心那瓶翻倒一地的醋。

外場服務生是我的打工身分，工作了三小時，經歷一組組客人流連忘返的目光，證實在餐飲業穿著連身衣工作服相當不得體。為什麼會被管家誆騙呢？怎麼看都是西裝更體面吧？而且薛明睽也沒有穿連身衣啊！

在老闆帶著員工和寄生店裡的四個小廢物偷閒的下午茶時光，我認真嚴肅地發問：「薛明睽，你不認為我應該換衣服嗎？」

「咦？衣服髒了嗎？我的可能有點小，不然你先回家換吧？」

小酒窩掛著餅乾屑說話的樣子太可惡了，以為這樣能讓我分心嗎？難道是引誘我用手替他擦去屑屑？酒窩真可愛，屑屑陷得那麼深是在暗喻我的感情發展嗎？

人要深謀遠慮，懂得未雨綢繆。設想一下執著於薛明睽的我，再這麼被撩撥，未來會把他關進小黑屋的……可惡我真的分心了……

我指著酒窩提醒他，「沾上東西……」

說這時那時快，豪車湊到他臉頰旁，用舌頭舔去酒窩上的餅乾屑屑。

如果能聽到我的內心聲響，一定可以聽到玻璃被撞碎的聲音。

薛明睽不以為意，摸摸臉頰笑著說：「怎麼學白米飯做這麼可愛的事？」

「賞你的，謝恩吧。」豪車舔了舔手指。

兩人關係匪淺——有很多種解釋，但不提關係，會舔我嘴的只有小動物，會舔薛明睽的一定還有禽獸吧？我不在此列，我是意圖而已。

就算試圖用詼諧調侃的做法轉移焦點，還是有點受到打擊，難道薛明睽和豪車真的有他人不可涉足的關係嗎？

一向不說話的銀髮美女淡然瞥了眼包太陽後繼續用餐。

包太陽意會到什麼，靈機一動，拿了一塊鮭魚肉黏上薛明睽的臉頰，說「本府也要！」接著再舔掉。

「啊，你們太壞了！爸爸換我！」

白米飯直接親了一下，還用小虎牙輕咬了他。

薛明睽始終如一，樂呵呵地傻笑。

突然變成和樂融融親子劇，尚在舔舐心傷的我有點適應不良，請給我的悲涼情緒下臺階的機會吧。

吃飽喝足，離尖峰時段仍有一些時間，店內只有零星幾位拿筆電泡大半天的客人。結束下午茶時光的四個礙事怪孩子紛紛尋處休息，一如初次見到他們的位置，似乎各有地盤。

總算有和薛明睽獨處聊天的機會，可是我這嘴拙憋了幾分鐘憋不出一句話，幸好他的注意力始終在幾個怪孩子身上……不對，這好像不是幸好。

算了，從這個話題切入也無所謂。

「上次提到你們不是親父子，是親戚關係？」

「雖然沒有血緣關係，但都是家人，我會好好照顧他們，只希望他們快快樂樂。」

薛明睽……注意你父愛如山的眼神，都快漫出來了。

白米飯和包太陽年紀小尚可理解，可是另外兩個也是嗎？

「豪車和那位女士，應有經濟獨立能力吧？你總不能護著他們一輩子。」

「一輩子……真希望長一點。」薛明睽笑容苦澀，隨即甩甩頭轉換情緒，「沒跟你說過吧？那位女士叫梔子花，不愛跟大家打交道。」

「這四個人……小名真特別，本名不方便透露嗎？」

「哈、哈哈，對啊！我先去廚房忙囉。」薛明睽哈哈乾笑，頗有欲蓋彌彰之意。

連這分生澀的掩飾都很可愛，這很可以。

此時店門口傳來風鈴的清脆聲響，代表休息時間結束了，不擅服務之道的我生澀地喊了一聲：「歡迎光臨。」

沒想到是該死的管家，還笑得該死的失態。

「我、我們少爺，居然會說，歡迎光臨，哈哈哈哈……啊笑死我……」

「你來幹嘛？家裡打掃好了嗎？」我臭著臉瞪他。

「我做事少爺放心。」

「這話不是該由我來說嗎？」

「作為管家，我知少爺的心。」

「知道你還過來礙事。」

這裡的阻礙已經夠多了，不要再來一個。

「我有要務在身，暫時管不上少爺脾氣。」

「你哪次在乎過了？」

薛明睽從廚房門口探出頭，「清奧先生！謝謝你願意抽空幫忙買東西。」

「別客氣，為貓咪們服務是我的榮幸。」

管家從店外扛了貓砂和一些貓用品雜物進來，袋子和內容物擦撞的聲音十分響亮。幾個睡覺休息的怪孩子聞風而動，紛紛探出頭看向管家，直了眼的模樣像是餓壞似的。可是不是才剛吃過下午茶嗎？不過下午茶是人貓共食菜單的品項，沒什麼調味，或許吃得不過癮吧。

管家拿著一根逗貓棒，順手逗弄跑來抓逗貓棒的白米飯，「貓貓們呢？在睡覺嗎？」

「啊……對啊。」薛明睽又是那生澀可愛的假笑。

「這孩子跟白米飯真像，哥哥我就來跟你玩玩。」

管家沒怎麼失望，改為逗弄眼前的少年，接著大手一揮，拋出玩具餌，白米飯和包太陽同時飛撲過去。

隨即傳出翻倒桌椅的聲響。

「小孩子有活力是好事。」管家恭謹地表達感想。

「收拾乾淨後給我回家去。」

我踢了他一腳。

過了營業時間大半，我繼續在櫃檯罰站和服務客人，薛明睽依然在廚房忙進忙出。這違背我入職的初衷，如此該怎麼職場戀愛？

我頻繁偷瞄內場的意圖昭然若揭，管家忍不住感慨道：「少爺，我實在不忍直視您這麼愚……笨拙的舉動，需要幫忙嗎？」

我站著工作，他坐著喊少爺。不是所有財閥家的小兒子都跟宋仲基一樣待遇，同理職場戀愛也不見得都是近水樓臺先得月。

……為什麼要用這種例子同理可證？

「你要怎麼幫？」問歸問，我沒有半點期待。

「想必您是太沒用武之地才只能收銀，得學會煮飯才行。雖然您連下廚也是菜鳥，但一向奮進向上學習，事不宜遲，不如今晚開始如何？身為追求者，態度要懇切，不能要少爺脾氣。」

我就佩服他建議之餘，還能兩句有一句不帶髒字嘲諷我。

「如果你懶得料理三餐，我可以再幫你料理後事。」

「謝謝少爺恩賜塔位，斗膽請求在我的甕上貼一張貓貓肉球貼紙。」

我知道財閥家小兒子會怎麼拿出實力來把管家趕回去——如果能穿越時空到一小時前，我立刻把店門鎖上。

管家隨著我一起望著廚房那道身影，「沒想到少爺回國後第一件事不是無所事事，而是成為薛先生的打工仔，這讓我該怎麼向大少爺打小報告呢……」

「大哥？就跟你說別理他們了。」

「重點不是這個……」管家搖搖頭，厲聲指出問題所在，「少爺您是覺得薛先生很好追求嗎？依您的做法大概一年半載都有問題！我要怎麼跟大少爺報告您一年半後才打算去報到！」

根本殺人誅心啊這傢伙，這種事也要打小報告。

「又一個被奴才發情期勾引來的笨蛋，人類就是不知道怎麼收斂味道。」

背後突然傳來豪車的聲音，他什麼時候走到我們背後的？

不，說什麼發情期和氣味啊，這幾天看新聞沒說世界變成ＡＢＯ設定啊？

豪車皺起鼻子，表情嫌棄，「算了，反正你們也聞不到。」

「薛明睽是什麼味道？」

如果是貓薄荷的話，他一定很開心。

「啊？我身上有味道？」薛明睽端菜上桌後順路繞過來，聞了聞身體，喃喃說著：「沒有啊，沒有臭臭的，哪有臭臭的……」

說真的，他在意臭臭的模樣太可愛了吧？

「煩死了，發情就趕緊去交配解決掉，不然就跟薛明睽一樣自己……」豪車顯得暴躁，在即將說出祕辛之前，薛明睽立刻堵住他的嘴。

在場的人都知道未盡之語，都是男人嘛。

一陣靜默，薛明睽的臉頰染上薄紅。尷尬的只有自己，他乾脆遮住臉，說：「我去教育一下這孩子，失陪了。」接著拉著豪車走到廚房。

這樣依然很可愛沒錯，可是我很在意為什麼豪車會知道這種隱私之事。

眼簾映著兩個男人，一個表情嫌棄地聆聽，一個面露羞赧地指責對方，顯得關係無比親密，無不證實豪車表明「他是我的」所言非虛。

上工第一天我就要失戀了嗎？因為領到的劇本不是霸道總裁設定嗎？我現在開始霸道來一段強取豪奪來得及嗎？生來財閥之子，順風順水接手公司成為ＣＥＯ。我也想要享受總裁文的待遇，直接來火葬場不公平啊，要我黑化嗎？

「啪！」

管家給了我言語上的一巴掌。

「少爺，請您不要一臉天要塌了的窩囊樣好嗎？男未婚女未嫁，誰上位都不算小三。更何況我當鄰居這些時日，薛先生跟幾個大小孩子都是這樣相處，我還看過白米飯咬他的鼻子。如果真的有什麼關係，肯定是多P。」

他這是在鼓勵我……就當是這樣吧。

我吐出一口鬱氣，「你說得對，如果我是豪車，絕不會讓薛明暌自己來。」

「這種話在兩情相悅前都是性騷擾，少爺您是在職員工，職場性騷擾罪加一等。」

我是要表達我會更在乎薛明暌，結果變成噁男，這不是高品質霸道總裁應該有的格局，直接告訴他才是真理。

「與其在這裡捏著花瓣暗自神傷，不如直接說清楚講明白。」

「少爺……」管家難得表現出崇拜的目光，「您居然要選擇直接告白被甩。既然打算喝個爛醉，我會為您準備好醒酒湯的。」

我裝作沒聽見。

既然下定決心，就要在發生變數之前趕緊行動。可是薛明暌不在廚房，何止他不在，豪車也不在，難道吵架吵到乾柴……我甩甩頭避免胡思亂想。

賴在店裡的白米飯、包太陽和梔子花都消失了，留我一個新進人員 Cover 全場還沒有交代幾句，感覺不大對勁。

我邊交待管家，邊脫下圍裙，「我去找薛明睽，你代班一下。」

這裡是一樓開店營業，樓上是薛明睽等人自住。視線能探查的範圍限於一樓，可是沒有他們的身影，八成是在樓上了。

我望著樓梯，隱約聽見說話的聲音，忽然傳出像是撞倒什麼東西，砸到地板乒乒乓乓的噪音和沉重的聲響。

「好痛……」

是被什麼砸到了嗎？我心頭一驚，顧及不了太多，直接上樓找人。

發出聲響的房間裡，架子倒在地上，所幸沒壓到薛明睽，周圍滿是破掉的貓砂。我正想出聲，然而現場的狀況讓我震驚失語。

豪車赤身裸體，不止如此，連白米飯、包太陽和梔子花亦是如此。四個屁股對著我，此生從未見過這種場面。

腦袋裡響盪著管家說「多P多P多P」的立體環繞幻聽音效。我彷彿被文案騙了，原來這不是總裁文也不是1v1，而是職場多P文，我只是其中一個劇情配角財閥小兒子攻略對象。

薛明睽趴在地上訓斥，語氣卻不怎麼凶，「之前說過不想穿衣服就變回去，生氣也一樣不能犯規，罰你們今天沒有肉泥。」

四個人分別表現出不爽或威嚇的姿態，我感覺他們似乎要對薛明睽不利，準備上前阻攔之際，一陣白煙憑空乍現，四道人影逐漸縮小，當霧氣消散後，四個人都不見了。

——取而代之的是坐在薛明睽背上的四隻貓。

一隻橘貓、一隻額心滿月的黑貓、一隻賓士貓、一隻白貓，這些薛明睽的貓咪正坐在他的背上。

薛明睽臉色蒼白，「呃，我受傷了，你們別一起坐我身……」

話未完，我與他終於有了四目相交的機會，他沒能再說下去。

「喵——」

白米飯的喵叫聲穿插在我們的靜默之中。

薛明睽露出苦笑，「腳好像骨折了，真的好疼……」

差點忘記這才是首重之事，我二話不說抱起他送醫。他嚇了一跳，隨後在我懷裡噗哧一笑。

「怎麼了？很痛？」樂極生悲也會這樣，我很擔心。

「痛是很痛，但不是笑這個。」

「那是？」

「你這舉動好像霸道總裁喔。」

「……」

原來我這是只緣身在此山中，繼續走總裁路線沒問題。

Love Battle V.S. Cats

第 CHAP 3 TER 章

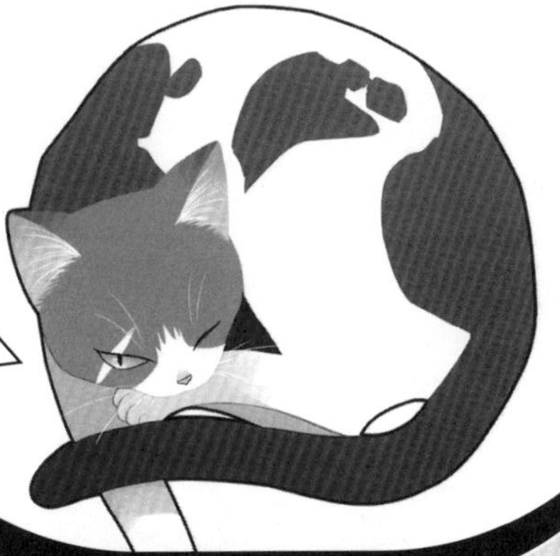

醫生正式宣布，薛明睽左腳踝關節骨折，得住院開刀。

沒想到這麼嚴重，我擔心送醫過程未注意而加劇傷勢，詢問醫生：「我剛才抱了他三十分鐘左右，是因為這個嗎？」

醫生一愣，輕咳幾聲掩飾表情，「咳嗯，房事情趣還是別太過火。」

薛明睽臉蛋通紅，著急解釋：「他抱我送醫院，路程三十分鐘！日畢先生也是，不要用讓人誤會的說法，怎麼會公主抱就骨折啊？」

激動臉紅也很好看。我心裡默默點讚。

管家提著水果籃遞過去，表達歉意，「我們少爺沒有常識，還請薛先生見諒。」

瞧瞧薛明睽吃驚的表情，有人剛得知住院就收到水果的嗎？不知道的人都要懷疑管家是導致受傷的嫌疑犯了吧。

薛明睽收下探病禮，忽然想起一件事，「啊，我得住院的話，清奧先生，能麻煩你幫忙餵食貓咪們嗎？」

管家接此重責大任，心花怒放，「我立刻去準備貓貓們愛吃的食材，會一起準備您家孩子們的餐點。晚餐時間快到了，萬萬不能讓貓咪們餓肚子，我得先告辭了，薛先生保重身體。」

語畢，立刻快步離開。

晚餐時間快到了，「我的」管家也該準備好「我的」晚餐吧？我瞇起眼瞪向門口殘影。

「那個，日畢先生……」薛明睽面有慚色，「對不起，麻煩日畢先生了，也謝謝你送我過來。請讓我好好向你道謝，你有想要的東西嗎？什麼都可以。」

「沒事，不用。」對內心齷齪的我說這種話，怕你承受不住。

薛明睽心神不寧，雙手不安分地捏皺褲子，好半晌，他用力拍拍臉頰，「日畢先生！請你聽聽我的告白吧！」

「什麼？」

不會太快嗎？感覺還沒有追求到就成功了，過程省略快轉到有點可惜，但沒關係，我還是可以馬上答應。

「啊，抱歉我用詞怪怪的，聽我的『告解』會不會比較好？」

不會，我就想聽你的告白！

我悶悶地請他繼續說。

他說起骨折的來龍去脈。當時他叫上四個大小孩上樓，順道將貓砂扛到架子上。當時邊搬貓砂邊教育大小孩，惹他們生氣，白米飯咬了他的腿，他嚇一跳沒踩穩滑倒，連帶架子被他撞倒——這就是我所看到的畫面。

「教育是什麼意思？」

我注意到用詞，也很在意要教育什麼內容，畢竟時間點湊巧就是在豪車爆出祕辛那時。

「怎麼說才好呢……」薛明睽撓撓臉頰，「你應該看得一清二楚，四個孩子變成貓咪，這是有些緣分導致的，希望你能保密。」

我頷首同意，「只有我知道嗎？」

「是的……很抱歉得讓你協助守密。」薛明睽羞愧地點頭。

「跟你一起擁有這個祕密也是緣分。」如果能剖心，一定能看見樂意至極的形狀。

薛明睽失笑，肩頭一鬆，仰頭望著天花板，說起過往回憶。

數個月前，他遇到一隻受傷的黑貓，比起野貓顯得優雅且乾淨，猜想可能是走丟的。可是黑貓警戒心極重，不願接受治療，他只能拿小小的木屋供黑貓遮風擋雨，打算取得信任後再帶黑貓去看醫生。

當時他覺得無能為力而感慨。

——如果可以知道貓咪在想什麼就好了呢。

三天後黑貓消失了，取而代之的是一隻額心白圓的幼年黑貓，以及一個裝有小噴泉，形似飲水器的陶瓷碗。他一時心血來潮便倒水進去，沒想到噴泉在沒插電的情況下運行起來，陶瓷碗裡的水始終維持一定高度，就算故意倒出來也會漸漸蓄滿。

陶瓷碗發生異變後，家裡貓咪們突然可以變成人類，說起人類的語言，擁有一定程度人類常識。不過本質仍是貓，就算變成人類也維持貓的習性。

對於陶瓷碗，年紀較長且曾是野貓的豪車略知一二。

「這是傳說中的寶物，能實現你的願望。」

他當時希望知道貓咪在想什麼，沒想到會以這種形式實現。

豪車再次補充，「這是那隻黑貓的謝禮，同時要你好好照顧這隻幼貓和我們。」

「那黑貓呢？」

「不知道，說有事得走了。」

「這樣啊……牠應該有苦衷吧。」

他抱起小黑貓。小黑貓大概比白米飯年紀再小一點，由於額心滿月像包青天的形象，於是取名包太陽。

只要在水碗附近，這些貓咪就有自由轉換人或貓形態的能力。

盈盈水碗沒有一刻停止流動，白米飯、豪車和包太陽在這間屋子隨心所欲轉換人類或貓，跟著人貓共食店吵吵鬧鬧。後來，化為人類的梔子花主動來到店裡尋求庇護，成為現在和四隻貓咪一起生活的模樣。

故事到此處告一段落，薛明睽收起緬懷情緒。

「這些奇幻色彩的現實故事很荒謬吧？不相信也沒關係，認為我滿口謊言也無所謂，只希望你能保密而已……」

「雖然驚訝，但也不是難以接受。」我不希望他否定自己，「故事書構築出各式各樣的世界，但有些故事好比預言般發生。說不定地球也是光怪陸離的星球，只是我們終於窺見一角而已。」

「日畢先生……」

薛明睽抿抿嘴，水珠在眼眶滾動，握住我的手張口欲言之際，門口一道聲音劃破我們之間的對話。

「——果然說了啊，笨蛋奴才。」

豪車靠在門邊冷聲嘲諷。

男人外貌冷俊，態度高傲，實際上是一隻賓士貓，拿著傳說中的噴泉寶物碗，在他手裡灑出噴泉水花。

沒想到還有奇幻成分，難以辨認他是無心為之還是要人吐槽。

豪車坐上病床，現場那麼多椅子，一張床那麼多空間，偏偏屁股要貼著薛明睽的腿，坐下還不說話，逕自舔了舔噴泉的水。

知道他是貓後，奇葩舉止變得如此合理——是啊，貓是這樣喝水的。可是眼裡所見仍是人類，眼見不能為憑，感覺常識被冒犯了。

「清奧先生在幫你們準備晚餐，怎麼突然跑出來？不對，你不可以自己跑出門！」薛明睽氣呼呼地搥他，「我們約法三章，就算出門也不能到馬路上，你是要氣死我！」

豪車充耳不聞，反而故意將噴泉水彈向薛明睽，接著哈哈大笑。

這屁孩太幼稚了吧。

「他現在幾歲？」

「三歲。」薛明睽嘆氣。

「四歲，成年了。」豪車糾正。

他們太認真回答了，很難找到吐槽時機。

「我知道你是擔心我才跑來，下次別這樣了。我很擔心你們過馬路不看車啊，雖然你和梔子花有點經驗，但要是出事了，我……」薛明睽說到眼眶泛紅。

豪車炸毛似的跳起來，瞪著他罵道：「吵死了！哭屁啊！誰擔心你啊！我下次不來看你可以了吧！」

薛明睽收起眼淚攻勢，伸出小指頭，「說好了喔，打勾勾。」

豪車肩頭一縮，一掌拍掉他的手，快步離開病房。

眼瞧薛明睽苦口婆心教育豪車的模樣，令我不禁想到養著四隻貓平時到底有多累，毛小孩果然是小孩的亞品種。

在豪車離開病房後，薛明睽完全沒有剛才的苦情，目光閃閃發亮，「怎麼樣？」

我想他是在尋求認同感，可是直接說「你家毛小孩很屁」實在失禮，想了想說辭，委婉道：「還是個孩子。」

「是吧是吧！日畢先生也同意真是太好了！」薛明睽用力點頭，「豪車的魅力就是傲嬌啊，你看他剛才揮小手手的羞惱模樣，多可愛啊！」

小手手……

「他明明擔心我才跑過來，還老是裝模作樣，被拆穿就炸毛，尾巴變成炸玉米多可愛啊！」

他剛才沒有尾巴啊……

「還有啊……」

薛明睽病得不輕，得開刀沒錯。

在「人貓共食小吃店」店長住院期間，店門口和粉絲頁掛上因病休息三日公告。四隻貓咪的飲食起居交給我的管家，後者為此義不容辭，向我請假三日。

整件事最荒謬的不是貓咪變成人類，而是我的管家吧。

我是義不容辭擔任照顧薛明睽的角色——實際上沒有太大作用，只有扶他下床去廁所和協助洗澡有點用處。

正人君子不會藉機揩油，一開始我提出蒙眼協助洗澡，卻不小心摸到不該摸的地方，惹得他十分尷尬，便要求我不要蒙眼，等他脫完衣服立刻出去就好。

餘音繞梁三日不絕，換作美景亦然，儘管只是驚鴻一瞥，三日過去仍回味無窮。

當然我是默默藏在心裡，絕不會跟任何人說。

公告休息三日是薛明睽的出院時間，他沒有打算回家後歇息幾日，這份工作需要久站，不利休養。我不希望他勞累傷身，於是按照他之前做法替他訂購食材，再讓管家替他掌勺，我則負責端菜，結果來說，薛明睽變成坐在櫃檯收錢的人。

「不不不，我沒付你們薪水，怎麼可以讓你們幫忙？」

薛明睽過意不去，拄起拐杖便要起身，我快一步按住他。

「你得快點好起來。」我說。

「慢慢好起來也可以的。」管家從廚房探出頭，心花怒放地望著候餐窗臺的四隻貓咪，橘貓白米飯用手扒扒牆壁，朝他喵喵叫。

管家差點暈倒，摀著胸口拿起湯勺，「……在餵飽貓貓們之前，我不能死。」

有病得治。

管家八成是貓奴一葉障目，才會到現在都沒發現四隻貓是店裡四個怪胎。

得知他們原形是貓之後，一切的不尋常都有了可以接受的解釋，例如：不時舔手掌擦頭髮、舔屁股（沒真的看到）、被逗貓棒玩弄、奔跑前晃幾下屁股……諸如此類的行為不算麻煩，畢竟只是個人問題，但是這些貓咪是挑戰理智線的死屁孩啊。

舉例來說吧。

桌上東西安安穩穩地放著，豪車沒事經過一掌撥下去，我蹲下撿拾，罪魁禍首竟然故意變成人類站在旁邊俯首旁觀，嗤之以鼻罵道：「看啥潲（看屁啊），狗奴才。」

據聞流浪過的豪車曾被狗欺負過，這是他認為最糟糕的形容詞。不給吃肉泥條的這種小事會罵「狗狗奴才」，惹他炸毛則是「狗奴才」。

薛明睽聽到豪車給我的評語是狗奴才加強版，氣鼓鼓地打他的屁股，「不可以再看鄉土劇了，聽到了沒有！」

「吵死了，誰理你啊笨蛋。」

豪車閃開攻擊，變回貓咪跳到房間制高點，故意背對他輕輕晃尾巴。

薛明睽一邊說「好氣人啊這小傢伙」，一邊拿相機拍個不停。

再舉例來說吧。

我整理完店面準備下班時，原本打算拿管家煮好的飯菜跟薛明睽一起共享晚餐，消化後再幫他洗澡更衣。

這時早已吃飽的白米飯到處閒晃，突然一陣情緒激動，橘貓尾巴炸成玉米棒到處暴衝，衝到一半，帶動包太陽一起跑酷，跑得無我之境，將一屋子搞得亂七八糟。

管家責備我不盡責，掏出逗貓棒玩弄兩隻貓咪，「每天要消耗貓咪們的精力，總不能讓腿受傷的薛先生做嘛。」

從那天之後，有了晚餐後施家少爺揮舞逗貓棒的即興演出。

薛明睽對此感到抱歉，總會在結束時替我按摩肩膀，「我沒什麼可以報答的，只有這一身殘軀了。」

他在撩我、他在開玩笑、他在撩我、他在開玩笑……我幫忙撥著隔日營業備餐的蒜頭，推敲薛明睽的意圖，心臟咚隆隆地響，然而惡夢總是突如其來降臨。

「你們兩個小的去幫薛明睽。」

豪車命令白米飯和包太陽取而代之，兩名少年變成一橘一黑貓咪，站在我的肩膀踩踩踏踏來取代按摩。

薛明睽險些拿呼吸器佐證被可愛到呼吸困難。

將按摩任務轉交兩隻貓咪，真是可惡極了，我想要薛明睽捏捏肩膀啊。

除此之外，這些貓咪在肚子餓時想方設法提高存在感，各種阻礙工作的行為層出不窮。

貓咪變成人類後的不尋常，還是以貓身做起來可愛一點點。

薛明睽一律視為孩子們的嬉鬧，父愛如山。

我懷疑他是把靈魂賣給了惡魔才變成這樣，不然仔細想想，要不是知道這四個傢伙是貓咪，從人類視角來看就是被寵壞的廢物爸寶。

乾脆簡稱他們為「四廢寶」吧。

回想完這些日子發生的種種不堪案例，正巧手邊收拾完四廢寶打鬧後的殘局，沒摔破任何碗盤杯子——因為一律改成不鏽鋼材質，儘管醜不啦嘰卻很省錢。

比起擔任外場服務生，感覺更像保母。

四廢寶吃飽喝足窩在各自地盤，豪車和梔子花正在整理頭髮，白米飯和包太陽變回貓咪，在靠窗的貓跳臺上睡成陰陽太極。

薛明睽捧著相機一陣猛拍，拍到一半還會跑來我旁邊分享，一邊搥心肝一邊說：「我真的要被可愛死了！嗚嗚……日畢先生，有你在真好，以前都沒人聽我說！可愛吧可愛吧！」

我快被四廢寶煩死，一點都不覺得他們可愛，但換位思考薛明睽變成貓咪，我能體諒他這麼失控。

看他那麼痴迷四廢寶，真有點羨慕這些貓咪。

我忍不住問他：「假如我變成貓，你也會這樣對我嗎？」

薛明睽一愣，上下打量我後搗起嘴，「一定正正經經的很可愛吧！臉冷冷的，抱在懷裡一起睡覺都不會掙脫，要洗澡應該會坐在原地動也不動……」

想像得太明確了吧？或許他有一絲絲幻想過和我這麼做？

「為什麼是洗澡和睡覺？」我問他。

薛明睽又露出淺淺的酒窩，「不止啊，貓日畢先生蹲在貓砂盆嗯嗯完撥沙的樣子也可愛！」

想像我們一起生老病死不好嗎？偏偏想像我上廁所。真是令人意外的男人。

薛明睽興致來了，反問我：「如果我變成貓咪呢？」

「我不是貓奴，不會因為貓變人、人變貓就改變喜好。」

「好模稜兩可，日畢先生犯規了啊。」薛明睽不認可，要求再說明得詳細一些。

合理懷疑他在撩撥我告白，但我沒有證據。

覺得現在不是告白的時候。喜歡上他是一種近乎奇跡的事情，我不想因為一時意亂情迷而讓彼此受傷，希望能再更瞭解他，有更多喜歡他的理由。

我遲遲未答，薛明睽自己想了想，說：「如果是這樣，日畢先生一定很疼愛貓咪的我吧。」

「你說得對。」

「哈哈，果然是這樣呢！」

他這麼篤定有自信，我也覺得十分可愛。

豪車橫插一槓，站到我們中間，面色不善——尤其針對我，轉頭看向薛明睽時便沒了敵意，一屁股坐下後躺到薛明睽大腿假寐。

薛明睽習以為常，順手來回揉撫豪車的頭髮，父愛從上揚的嘴角漫了出來。

每每看到薛明睽這麼溫柔地凝視一個男人，理智上明白豪車只是貓咪，心裡卻堵不住醋意滲出隙縫。

白米飯忽然撲到薛明睽旁邊，搗著臉念叨：「梔子花姊姊幹嘛踢我呀！」

白貓梔子花冷冷地撇頭不語。

「不可以欺負弟弟喔！」

薛明睽壓低聲音小小警告白貓，轉而輕揉白米飯的臉頰，「摔痛了嗎？」

「爸爸我還要摸摸！」白米飯躺到另一邊大腿，發出淺淺的呼嚕聲。

他們就是家人，我能因此看到薛明睽溫柔的一面是好事，可以羨慕並想像或許有一天也能擁有，但別小家子氣去嫉妒他們。

心理寬慰了些，仍不免感到遺憾，他們這麼一攪和，徹底搶走了薛明睽的注意力。

唉，想跟薛明睽培養一下感情還真是困難。

這份打工意料之外累人，大部分原因都來自於應付這四隻貓。我從未有這麼手忙腳亂的體驗，甚至忙到顧不得流了一身汗。

能雲淡風輕說起此事可是非常不容易。

猶記打工第二天，照顧薛明睽及其四隻家貓第一天，如陀螺打轉似的，結束一天回家看到鏡子時嚇得差點一拳爆裂它。

跟薛明睽道別的是這位汗水淋漓、蓬頭垢面的臭男人嗎？以前花了那麼多時間向管家說明自己在意洗澡的程度，以為我是在開玩笑嗎？

我醜到愧於見人，甚至想悶在棉被裡拒不出門，但不是自家產業無法輕易耍賴，基於職業道德還是上工了，可是掩蓋不住渾身陰鬱。

管家在側註解我的負面狀態，薛明睽恍然大悟，摸了摸鼻子笑得靦腆，「我覺得為了工作流汗的男人很性感啊！」

雖然有安慰性質，仍令人心花怒放。

管家舉手為自己發聲：「少爺，凡事過猶不及，別過分揮灑費洛蒙，想想替您洗衣服的我。」

薛明睽猶疑了會，「你們幫了這麼多忙，不然我來洗吧？」

「不可以，這是田清奧的工作。」我立刻拒絕，給管家洗的不止外衣還有內褲。我才不相信小說劇情，對穿整天的臭內褲產生欲望是有奇怪癖好吧。

管家莞爾點頭，「是的，不如說我也能幫忙洗薛先生的衣服，跟少爺的一起攪動吧。」

一起攪……想得美，我是正直的人，我不猥瑣。

「清奧先生還會省水電做環保啊，真厲害！」

瞧薛明暌傻呵呵的，不知道在洗衣機裡面可能攪和出感性下的本能嗎？我不忍心玷汙純潔的他。

管家搖搖頭，「一邊省了水電，另一邊會掏空我們少爺，還是當我沒說吧。」

這次我點頭附議。

話題有點偏了，目的在於說明照顧四廢寶就是這麼累人，更何況他們對我不太友善。故意翻箱倒櫃，用貓砂撥出一片沙漠，分開時段鬧肚子餓要吃飯（雖然這點是鬧到管家頭上），種種行為幼稚得像貓一樣沒錯，想生氣也無法氣得理直氣壯。

好在薛明暌看出他們略有敵意，傷腿之前他們弄倒東西的次數和範圍較小、貓砂都有好好撥在盆裡，因此苦惱不已，「可能是地域性強，比較排外，加上日畢先生是公的，不像之前對梔子花美女接受度那麼高。」

用詞有點人獸不分，但無傷大雅。

薛明暌實在過意不去，數次召開教育大會，可惜都是無用之功。

我擔心破壞他們之間的感情，要他不用在意，趕緊康復比什麼都重要。薛明暌倒也聽話，不再糾結此事，轉而做起其他不影響腿部的工作。

他致力於動手動腦的社群經營，撇除近期的更新時間，最後一次是在三個月前，公告閃到腰休店數日。

「你很常受傷？」我問道。

「還、還好？可能年紀大了……」

「不是才三十幾？」

「三十幾也是會閃到腰的！」

「別胡說，你平時常搬貓砂那堆重物要用大腿和臀部肌肉，可以去健身房請教練教硬舉，平時也要練練核心，這些肌肉組織能支撐脊椎，也能降低受傷機率。」

薛明睽微微掀開上衣，露出白嫩扁平的肚子，「我這輩子還沒去健身過耶，這樣鬆鬆的很奇怪吧？」

促不及防的誘惑，然而正人君子會選擇移開視線。

我舉例反問他：「我這輩子也沒養過貓，你覺得奇怪嗎？」

薛明睽一愣，釋懷笑了笑，抓住我的衣服，「能看看你的嗎？沒看過練過的肌肉。」

我點頭後，上衣被掀開來，旋即是一陣讚嘆「好棒啊」、「天啊」、「好帥喔」，微涼的指尖輕刮腹肌，我感覺某處不太對勁，急忙抓住他的手。

「亂摸不妥。」

「咦？為什麼？」

我不想解釋，但話題一直圍繞在這裡，心上人撫摸的觸感縈迴不去，那處隱約有抬頭的跡象。

我鬆開他的手，假意整理桌子並轉開話題，「你接下來有什麼經營策略？」技巧生硬但有用，薛明睽對此有點興趣，順勢大聊特聊。因為之前無暇處理社群經營，不然他一直想試試投放廣告能做到什麼程度。

他說起能分配的時間有限，偶爾在 Instagram 更新照片，由於貓咪本尊和人類姿態顏值都好，已經累積一些粉絲，現在有時間能做點其他事情，或許可以透過標籤發起限時活動，之後有機會也想舉辦幫助貓咪的公益活動。

說起這些事情的薛明睽暢談未來藍圖，眼裡閃閃發亮，這樣的他讓人無比著迷，希望他能一直這麼開心。

薛明睽說得激動，臉頰微微泛紅，嘿嘿笑著，「都在說我的事，日畢先生呢？有想做點什麼嗎？」

沒想到突然輪到我。這問題有點難解，我不想影響薛明睽的快樂，含糊地給了答案：「暫時想跟在薛老闆身邊學習，之後再回老家接班。」

薛明睽眨眨眼睛，伸手撫摸我的頭髮，「日畢先生一定可以的。」

「不知道是什麼可以，總之我會記著至少你打包票過，我相信你。」我微微低頭，任他為所欲為。

氣氛這麼好，心裡酥酥麻麻，可是為什麼有隨時可能幻滅的不安？

彷彿驗證不安並非虛構，隔壁房間什麼東西一股腦灑落的聲響打斷了我們，薛明睽說著「大概又是哪隻貓咪跳來跳去把架子撞倒了，應該直接做系統櫃」，拄著拐杖離開。

我抓抓頭，喃喃感慨：「不知是多麼不幸，才會每次感覺有進展時都被干擾。」

「不是錯覺。」

在貓跳臺旁邊的梔子花把玩鈴鐺球，冷冷淡淡，不知道在想什麼。

我又問：「什麼錯覺？」

「干擾。」

提示很少，卻浮現一些畫面，隱隱約約產生了連結。我不太相信，想進一步尋求梔子花的證實，但後者已經變回白貓，藍眸目光冷淡無情，強制結束話題。

我來到隔壁房間，一大袋破掉的貓糧撒了滿地，薛明睽則托著賓士貓豪車的前腳腋下，板著臉跟他大眼瞪小眼。

「你最近太壞了，怎麼一直在搞破壞！」

豪車拒絕認錯，朝著薛明睽皺鼻子哈氣。

「你犯錯還凶我！不可以凶我！」

「喵！」

「你又增加日畢先生的工作，我很過意不去啊！」

「哈——」豪車這次不止哈氣，還揮出貓拳，小肉球巴了薛明睽一掌。

「可惡還打我！」薛明睽反抱豪車，握住他的肉球揉揉捏捏，「可惡！是這個可愛的小東西打我嗎！」

薛明睽……等我們熟識後，你會知道我的吐槽多麼不講情面。

我認命收拾滿地殘局，不知薛明睽會不會繼續使用地上的貓糧，沒有放回袋子，而是收拾到另外的密封袋。

「啊，我也一起。」

薛明睽總算從貓樂園回到現實，將豪車放到旁邊，打算跟著一起整理，可是沒能如願，有人突然從後將他攔腰一抱。

「你不行。」變成人類的豪車背後抱，貼著薛明睽的背。

「啊，你最近怎麼這麼愛撒嬌？撒嬌也沒用！」

「好吵，安靜點。」

「還敢嫌我吵！你快點幫忙收拾！」

「不要。」豪車抱得更緊了。

目睹這一切的我，理智線被撥動著。不管是不是人類，親眼見到別的男人緊抱心上人，跟心上人打情罵俏，實在讓人崩潰。

剛才我們氣氛那麼好，沒過幾分鐘就落到其他男人懷裡。

我不能失態。我要紳士一點，有雅量，不能跟臭貓一般見識。

我抓住薛明睽的手，張口欲言之際，忽有重物砸上臉，我不敵重力加速度法則被擊倒後仰，軟綿綿的重物覆於臉上。

「喵——」

這是白米飯的叫聲。

胸口又一重物壓了上來，接著是包太陽的聲音。

聽著兩隻貓在身上輪流叫喊，絲毫不讓我有插話的餘地，重重阻礙證實了梔子花的提示。

我拔起白米飯，掀開包太陽，和在場貓咪們無聲對峙，氣氛劍拔弩張。全都是這群臭貓咪搞的鬼，三番兩次阻止我和薛明睽培養感情。

豪車抱著薛明睽，親吻他的後頸，充滿譏諷地勾起嘴角，並用唇語發戰帖。

——休想拐走我們的奴才。

Love Battle V.S. Cats

第4章

CHAPTER

清晨天方亮，伴隨一道晨光和慘叫聲從睡夢中甦醒。彷彿歷劫歸來般，我坐在床鋪，意識恍惚，花費些許時間返回現實世界。

我夢到和四廢寶發生你死我活之薛明睽爭奪戰，要求薛明睽必須選擇一邊，結果他毫不猶豫走向四廢寶，**「日畢先生你有清奧先生，可是孩子們沒有我會餓壞的。」**

連夢裡都這麼有邏輯，除了「我有管家」這句，希望只是意外亂入而非潛意識。

住隔壁房間的管家聽到慘叫聲，進來瞧瞧房內，眼罩掛在頭上，睡眼惺忪，「少爺做惡夢了？要給您秀秀嗎？」

回想夢裡那句「你有清奧先生」，越想越不爽，「我哪時做惡夢要你安慰了？」

「上小一時，您害怕上學被欺負……」

「閉嘴！我才沒有！」

「小二尿床時也……」

「你給我滾回去睡！」我扔出枕頭。

管家翻出黑歷史，害我羞恥得翻來覆去無法補眠，乾脆起床梳洗，拉拉筋去晨跑，順便整理思緒。

清晨空氣冰涼清爽，隨著跑步吐息，情緒穩定許多，意識變得清明，較能客觀面對問題。

居然夢到四廢寶，他們的影響程度超乎預期。

或許我一直擔心現實發生惡夢的劇情，畢竟四廢寶是薛明睽細心呵護的掌中寶，我只是一名鄰居兼打工仔，跟他們正面衝突太過不利。若演變為二擇一，哪比得過他們之間的情誼，現在尚未變成這樣，可是豪車對我的敵意與日俱增，難保不會發生……

思量再三，首要之重就是跟四廢寶打好關係，只要攻略他們，也會增加薛明睽的好感度吧。

這是高風險高報酬的投資項目，沒有退縮的選擇。

既然是高風險，步步為營為上策，採取行動之前須先觀察，知己知彼方能百戰百勝。

我提早兩小時來到薛家，搶走管家準備好的貓飯，親自端給四隻貓咪。

由於換了放飯員，豪車格外警惕，其他三隻貓並不在意。

白米飯和包太陽年紀小且貪吃，碗裡舔得一乾二淨，判斷他們相較容易拿下，回頭叫管家買一堆零食備戰吧。

梔子花吃相優雅，只要影響女士形象一概不碰，碗裡留下些許肉塊。

豪車的話，變成人類把碗端走了。

薛明睽見我仔細觀察，替我補充漏掉的那位，「豪車不喜歡南瓜，打成泥混在魚肉裡就會吃了，他喜歡鮭魚。」

我筆記完順勢詢問：「你喜歡什麼？」

他不假思索，「貓咪啊。」

這還需要問嗎？為什麼這麼可愛？

我補充問題：「可以吃的。」

「嗯——清奧先生做的都滿喜歡的。」

我沒有吃醋，但很煩躁，管家怎麼到哪裡都在刷存在感。我心懷不情願地筆記。

貓咪吃飽飯後各自行動，原本想跟上其中一隻貓咪觀察行為，但薛明睽一拐一拐地去貓沙盆鏟屎，讓人放心不下，他怎麼就這麼閒不住呢？

「我來吧。」我搶過貓沙鏟，捲袖對第一盆動手。

薛明睽替我攤開塑膠袋，在第一球入袋後，我有點承受不住他的目光。

「怎麼了？」

他頓了頓，「……日畢先生應該沒做過這種事吧？」

「當然，連廁所都沒掃過。」

「感覺有點抱歉，但是……」薛明睽笑瞇了眼，「施家少爺的第一次給我了，有點感動。」

「還有更多可以給你的，等著繼續感動吧。」

我想再多調情一會，可惜空氣瀰漫貓沙快壓不住的臭味十分干擾氣氛，連薛明睽都覺得有點異常，挪到處理第二盆時才發現是盆外濺灑了一灘貓尿。

薛明睽低吟沉思，「之前沒這樣呢……是誰不舒服或不開心在抱怨嗎？」

「不開心就亂尿？」我戴緊口罩和手套，嚴防任何一滴髒汙沾手。

「不知道是哪隻貓。白米飯之前生氣經常這樣，最近豪車也怪怪的，再觀察看看吧。」薛明睽一時也沒頭緒。

養貓真是不容易，還得揣摩寵物的心理狀態。

說起來我的目標是攻略四廢寶，抓準他們的心理也很重要，順便幫薛明睽注意是哪隻貓出問題作為課題好了。

協助打掃貓沙盆後，首要觀察目標決定從容易攻略的白米飯下手。小傢伙愛吃愛撒嬌，性格天真無邪，轉個頭就忘記在生氣。雖然總是阻礙我的追求，對我的敵意卻是最小的，猜想是豪車從中作梗，誘使小孩子代為出擊。

我捏了捏口袋的貓零食來到後門，橘貓白米飯正翻出肚皮晒太陽，隱約發出呼嚕聲，過得自得其樂。瞳仁收縮成細線的綠眸瞧了我一眼，打了大大的呵欠，繼續晒晒肚皮。

白白軟軟的肚子惹人心癢，基於好奇伸出手指碰了下，隨即被抓包，肉球壓在我的手背，甚至作勢要咬我。

沒咬，也沒伸爪子。不知為何，這樣簡單的行為卻讓人心裡暖暖的，可能是發現一隻溫馴善良的小胖橘貓的關係。

要是所有貓咪都像白米飯一樣可愛，我看世界會被貓星人統治吧。晒晒太陽挺舒服，我坐在旁邊跟他一起發呆，直到屋內傳來薛明睽喊我的名字，才驚覺已經是上班時間。

我摸了摸白米飯的頭，放下口袋的零食離開。

我圍上工作圍裙，處理零碎的準備工作，拉開鐵捲門，將宣傳立牌搬到屋外，再翻轉店門的木牌至營業中。窗明几淨，戶外街景一覽無遺。

梔子花再次坐上臨窗吧檯，從初見到現在都是如此，這是獨屬她的特等席，連性情囂張的豪車都不會搶位。梔子花自有世家清貴風範，舉止優雅氣質清冷，不好親近，很少跟薛明睽撒嬌，一向以禮相待。

她注意到我的視線，「有事？」

我原本無意搭話，不過機會難得，想了想，直搗核心詢問最好奇的事情。

「妳為什麼幫我？」

「幫薛明睽，我們陪不了他太久。」梔子花回答簡短，不喜歡有人打擾，乾脆變回白貓。

我一時不明白她的意思，也沒機會深思，第一桌客人已經進來了，我抓起菜單板前去點單。

擔任員工的日子裡，已知四廢寶比想像中還要有人氣，無論是貓或人形都擁有一波粉絲。據薛明睽所述，他本來就喜歡晒晒四廢寶的生活，有人覺得他們可愛自己也開心。發文多了，來店裡的客人也變多了點。

好吧，四廢寶有靠自己賺錢，不算太廢，但仍有飯來張口的廢柴精神，所以我還是要叫他們四廢寶。

雖然薛明睽的腿已經好多了，過兩天就要去複診，為了避免功虧一簣，今天仍要求他乖乖坐在櫃檯休息。他閒不住，拿出單眼和一排鏡頭，用焦距代替走路。

當他捕捉到包太陽從高處縱躍而下的身影時，激動得拉住我炫耀一番。

「每次都會拍糊，這次拍得好好看啊！我終於成功了，你看！」

動態攝影不容易，分享快樂的模樣讓人莞爾，我伸手揉了揉他的頭髮，「你很厲害。」

薛明睽似乎嚇了一跳，笑容多了幾分靦腆，「這麼誇我就當真啦，給你看其他張，要誇得仔細點！」

原來害羞時會開玩笑，真可愛。

我接過相機，貓奴的記憶卡真是可怕，重複姿勢能拍上二十來張，對我們普通人來說毫米之差，對貓奴來說天差地遠，一張都無法輕易割捨。

如果這是他的樂趣，我雖無法樂在其中，但能像這樣瞧瞧他的快樂也很滿足。

這時滑到一張我的照片，因為搬東西幾趟太熱而解開襯衫鈕釦，撩起頭髮散散熱意，汗珠順著臉龐滑落，眼神含有一絲隱忍，整體構圖除了性感還有點情色。

薛明睽面紅耳赤，語無倫次起來。

「那個就是怎麼說呢，日畢先生也是帥哥嘛，想拍長得好看的人是人之常情對吧！突然看到畫面有一處荷爾蒙爆發就好奇拍下來，有點失禮可是這樣的日畢先生讓人移不開眼，對不起我利欲薰心才保留的。啊，不會賣出去的，我自己收藏，啊啊不是有其他意思的收藏……」

當時是被流汗搞得有點煩躁，強忍直接脫光泡澡的衝動，不過這點就保密吧。

我在乎的是他言辭透露出被我吸引的意思，這讓我迫不及待進一步追問。

我拉起他的手，「你……」

店門上的風鈴突然響得急促，緊接著一道身影奔出店外。只見貓咪包太陽奔跑在前，豪車緊接在後，兩隻貓衝向馬路，薛明睽低喊了聲「不好」急忙追上去。

「你的腿……！」

我的聲音沒能傳達給他，他彷彿忘記腿傷已經出去了。雖然腿好得差不多了，也不能這樣毫無顧忌啊。

「少爺！」在廚房的管家探出頭，「貓過馬路很危險，快去幫忙薛先生抓兩隻貓咪回來吧。」

回想方才薛明睽驚懼害怕的模樣，我也準備出去找他們，可是白米飯在門口來回走動，顯得緊張不安，一時猶疑是否該先安撫他。

這時梔子花從吧檯跳下來，走到白米飯旁邊舔了舔他的臉頰安撫後，藍眸示意我去外頭看看。

我來到屋外，不遠處傳來激烈的貓叫聲，穿插薛明睽喝斥的聲音。循聲來到對面轉角巷口，兩貓弓身豎尾對峙，氣氛劍拔弩張。

「豪車！包太陽！停下！」

薛明睽硬生生插在兩貓中間，阻隔他們看到對方，慢慢拉開兩貓距離。

我不知能幫上什麼忙，只能盡量阻擋貓逃出包圍網，所幸豪車漸漸冷靜原地坐下，包太陽一身炸毛漸漸平順。

「你們真是……」薛明睽這才彎身抱起包太陽，貓咪情緒焦躁，用力甩著尾巴。

薛明睽領著豪車和包太陽回到店裡，將四廢寶統統關進休息室。密閉空間沒有逃竄的可能，他這才鬆了口氣，接著板起臉，「我說過幾次不要跑到馬路上，橫衝直撞容易被車撞。如果沒有意識到嚴重性，我會考慮把你們鎖在屋裡。」

豪車變成了人類，揉揉肩頸，「蠢蛋惹毛我。」

「包太陽？」薛明睽一愣，「他把你當老大，怎麼敢對你動手？」

「喵嗚——」包太陽耳朵垂下，到角落紙箱躲著。

薛明睽又緊張起來，「怎麼了？不舒服嗎？」

豪車拎起包太陽，指向屁股處兩顆圓圓的球體，「發情期。」

薛明睽愣了愣，恍然大悟，「啊……算算日子包太陽是該第一次發情了。豪車你之前沒這麼嚴重，只是總愛往我身上蹭。」

「屁啦。」豪車將包太陽扔給我，「帶他去結紮。」

我和額心滿月的貓咪四目相交，不知為何看出他淚眼汪汪，不免於心難忍。

薛明睽是贊同結紮的，「我不希望人類社會敵視貓，讓他們過得更加艱難，而且貓在結紮後情緒也會穩定許多。」

旁邊是變成人類的豪車，說起替貓結紮，有點說不上來的詭異。

薛明睽向困惑的我解釋：「這麼大肆宣揚結紮好處也是人類的自以為。變成人類的他們是獨立個體，回到貓咪不也是嗎？我們替他們作主，無論怎樣都是人類的自私，但只能選擇一邊了……」

凡事難以兩全，在這些通人性的貓咪面前更顯得卑劣，薛明睽無地自容，難以言表，低首嘆息。他可以為此自責難過，但我不希望他在心裡累積負面情緒壓垮自己。

我捧起他的臉頰，一字一句告訴他：「你善良且有同理心，這些貓能遇到你是幸運，也很幸福，我也是。」

「……謝、謝謝……」薛明睽眨了眨眼，睫毛輕輕搖動，雙頰泛起淡淡的紅。

「——我有允許你們發情嗎？」

豪車兩手推開我和薛明睽，強硬插足我們中間。

呵，我就知道這壞傢伙會搞破壞。

「不可以發情！爸爸不可以發情！」白米飯跟過來起鬨，歪歪頭拉了拉豪車的衣服，

「從剛才就在說，什麼是發情啊？」

豪車瞧眼白米飯的下半身，神情複雜，拍拍少年的頭，「無知也是一種幸福。」

既然包太陽是結紮預備役，四廢寶會不會都已經……？不禁瞧眼豪車下身，褲子鬆鬆垮垮的看不出所以然。

薛明暌注意到我的視線，湊到我耳邊說：「豪車、白米飯和梔子花都結紮了，但變成人類還是有蛋蛋的。」

我真是沒救了，連他嘴裡說出「蛋蛋」兩字都覺得可愛。

「白米飯的蛋蛋泡在福馬林裡，豪車的被他自己偷走了，到現在都不肯跟我透露藏在哪裡。總之包太陽的蛋蛋也得用一個漂亮的罐子好好保存才行。」

在本尊面前談及蛋蛋防腐保存真的好嗎？我心有不忍，揉揉包太陽的頭聊表安慰。

為保險起見，決定等包太陽發情期過後再結紮，約略需要六到十天左右才能動手術，這段期間得好好照顧這隻發情的公貓。

我不知道發情期多嚴重，自行研讀後再次覺得養寵物真的是養小孩。

平時已有莫名其妙的暴衝行為，發情時會更加頻繁，除此之外，亂撒尿、鬼吼鬼叫等

貓咪戀愛戰爭

各種古怪言行時而有之。
為了避免包太陽跑出去或騷擾客人，手術前這段期間將他關在二樓房間。
薛明睽幾乎把所有心力放在包太陽身上，整天守在他附近，營業時間從沒出現過。這種日子得持續多久啊。
唉，我要這麼體貼嗎？瞧瞧自己一身圍裙和掃地工具，結束營業後包辦整理店面，體貼到真的變成在職員工。
我的初衷可是職場戀愛，沒有職場也可以，可是現在連人都見不著，本末倒置。
「少爺，要喝一杯嗎？」管家遞出玻璃杯，裡頭清透的水面晃著冰塊。
我接過一飲而盡，忍不住翻白眼。
「白開水健康。」他說。
應該留半杯倒他頭上。
「去收拾，我累了。」我將掃把丟給他，坐下休息。
管家接著打掃，哀聲嘆氣，「我是施家管家，領施家的錢幫薛家做事，如果老爺要炒了我，少爺您可要寧死不從啊。」
「放心吧，我想炒你千百次都沒炒了。」
「由愛生恨也會這樣，我明白。」
與其繼續聽他練痟話（胡說八道），我乾脆去找薛明睽好了，「你打掃完自己鎖門滾回去，我去樓上。」

「少爺真打算不追到薛先生不走嗎？」

我腳步一頓，「很重要嗎？反正公司有沒有我都可以吧。」

「我也常覺得少爺沒有我也沒差，可是實際上少爺不能沒有我。」管家雙手扠腰，義正言辭，「之前國外替您打理日常生活和行程的傭人說，您就是需要有人協助才能好好生活。替您照料植栽的園丁說您就是植栽殺手。」

所謂吐出一口鬱血大概就是這種心情造成的。

我拒絕再聽他廢話，逕自上樓找人。

「薛明睽？」

我喊名字找人，很快地從二樓客廳傳來他回應的聲音。他的聲音同時吸引了白米飯，一隻橘貓從臥房出來，晃著小屁股走在我前面，早我幾步找到人。

薛明睽被變成少年的包太陽壓在地上，在他頸邊嗅嗅舔舔，發出難耐的低吟，下半身還不斷磨蹭薛明睽。

畫面衝擊到差點天崩地裂，所幸記起包太陽只是剛剛性成熟的貓咪，這是發情期的體徵，總算撿回一絲理性。

「包太陽……不是給你抱枕了嗎？」薛明睽話裡滿是無奈，望向我求救，「日畢先生能拉我一把嗎？」

我拎起包太陽，這孩子體溫偏高，臉蛋紅紅的，立刻變回貓咪掙脫我的箝制，快速奔出房間。

由於能讓貓咪變成人類的寶物怪碗，原本只是貓的發情期似乎不止如此了，不管是貓是人，我都不願見到薛明睽被其他人如此對待。

「你不時被他這樣撲倒？」

「偶爾吧，包太陽也很難受，真應該早點帶他去結紮。」薛明睽坐起身，擦拭頸邊口水。

聽他全心全意都在愛貓身上，方才管家的勸言縈迴腦海。

——打算不追到薛先生不走嗎？

「我也難受。」

我心裡有些苦澀，隨即反應過來，竟然沒忍住跟他們搶奪關愛，連忙含糊帶過失言，「好險前天亂跑沒傷筋動骨，可是包太陽現在沒有辦法掌握分寸，要是又變嚴重，豈不是更對不起我和管家？」

情緒勒索雖可恥但有用，本就對此抱有歉意的薛明睽更加糾結。

我提議道：「到他發情期結束前，讓我住你這裡。」

雖然是心裡焦躁而口出誑言，但我要是再溫溫吞吞，不知這四廢寶還能出什麼奇招。

「可以啊，可是為什麼？」薛明睽不明白關連。

我一時也想不到藉口，隨口胡謅：「我不入地獄誰入地獄。」

如果事前知道話不能亂說，我一定不會亂說話。

一隻發情期的貓能多可怕，光有理論知識是無法體悟的。直到真實遭遇不幸才知面對發情期如臨大敵的原因，薛明睽會整天跟貓待在一起也是出自善意。

包太陽本來就是性格頑皮的貓，暴衝行為、跳來跳去高聲亂叫，或帶著他的玩具魚跑來跑去，學電視劇包青天本府來本府去，拿玩具魚當尚方寶劍砍打別人，諸如此類等行為，此前偶有為之，如今發情期更上一層樓。

號稱尚方寶劍的玩具魚成為不忍直視的騎馬道具，包太陽騎完就縮成一團哭哭啼啼說「本府玷汙了寶劍，寶劍失去正義的光芒嗚嗚嗚」，要人幫他洗乾淨，還緊迫盯人立刻清洗晾乾。

幫忙洗別人用過的情趣用品，恕我無知，竟不知世上有這種酷刑。

至於之前撲倒薛明睽的行為，由於有兩個人一起分擔，加上我的體格比較符合他的喜好，騎得比較舒服，後來盡是往我身上磨蹭。

雖然是貓咪，雖然是這樣……薛明睽怎麼忍受得了這麼猥瑣的傢伙！

被騎了兩次後，我寧願多洗幾次尚方寶劍，後來包太陽發作時都把寶劍丟給他去旁邊快活。

受災範圍不只我和薛明睽，豪車受不了發情期的味道直接搬到一樓，梔子花自從包太陽在面前搔首弄姿試圖勾引她後也搬到一樓。不知情愛的白米飯也被撲倒過，薛明睽不忍純潔孩子受害，將白米飯交給管家照顧。

發情期間唯一受益的只有管家，跟白米飯同居生活不亦樂乎。

等包太陽恢復正常，就算小朋友初長成也是有羞恥心，變回小貓咪關在紙箱裡好一陣子不肯出來。

薛明睽抱抱他，好聲好氣勸慰：「這是正常的，大家都是這麼過來的。連豪車也騎到我身上過啊，他比你過分多了。」

慢著，豪車這個等級不太一般啊，到底多過分？薛明睽你到底要被吃多少豆腐？

包太陽淚眼汪汪，「真的嗎……」

豪車路過房間，丟下一句：「把愛惜的寶劍當洩欲工具不過分？」

「本府、本府的……嗚哇哇……！」包太陽嚎啕大哭。

「豪車你閉嘴！」薛明睽怒罵一句，趕忙再安撫孩子，「那是豪車挾怨報復，故意惹你哭啦，沒事喔。」

梔子花也經過房間，瞧眼包太陽後，露出微微的嫌棄。

「梔子花姊姊也討厭我了嗚啊啊啊！」

「……」

見薛明睽快精神崩潰，我幫忙關上房門，「快帶他去結紮吧。」

「真的……」他也萬分同意。

我圍上圍裙開始營業準備，訓練幾日後駕輕就熟，既然薛老闆認為工作中的男人很性感，多多展現肌肉美來勾引老闆就是我接下來的攻略方針。

薛明睒今天尚未出現，他偶爾會睡過頭，所以不太意外。

我已經照顧傷腿的他一陣子，進出他的住宅範圍也是常態。就算昨日複診完無須繼續使用拐杖，生活也能自理，今天上樓去叫醒他也不是很奇怪吧。

終歸是沒有正當理由，我有點心虛，但止不住腳步。

踏上二樓地板時，不知為何像落入陷阱似的，心裡說不上來惶然不安。

寧靜的走廊深處的主臥室房門半啟，房內吹來一陣微風，帶來一絲難以形容的誘人氣味，令人無法自拔。

受到氣味影響，我精神有些恍惚，朝向主臥款款而去，離房門一步之遙，裡頭傳來細碎的呻吟聲。

這是薛明睒的主臥室，做什麼才會有這種聲音——心裡七上八下，打開了房門。

薛明睒於床鋪側臥，赤身裸體，股間沾染清透黏液，撐起半身望向我，雙頰潮紅，眼眸蓄滿情欲。

「日畢先生……我好難受……」

他靠著枕頭躺下，向我敞開雙腿，主動露出私處，肉莖硬挺直翹，小巧的穴口滴落汩汩清液。

「我發情期到了，請你跟之前一樣，幫幫我吧……」

發情期，這是生物繁衍後代而產生的自然現象。

……啊，對了，他的發情期到了，需要滿足性欲，需要懷上一個寶寶，我怎麼會忘記了呢？

他選擇了我。

我欣喜若狂，解開圍裙，脫下襯衫，俯身於他。

接著，我醒來了。

深沉的目光仰望天花板，表情沉重，掩飾被夢境影響而騷動燥熱的身體。

為了避免有誰突襲或進門，我死死抓緊棉被。

如果是我的房間，尚能頂著小帳篷走去浴室處理，可是這裡是薛明睽家的客房。

昨晚慶祝薛明睽不用拐杖兼包太陽手術順利，我們喝開聊開，薛明睽邀請我和管家留宿，興之所致，我們欣然同意。

喝到茫茫然入睡，一早晨勃乃家常便飯。以往經驗來說，朋友家的客房都有浴室，薛家沒有，得經過走廊。

我瞧眼棉被裡的狀況，這條棉褲尺寸偏小，腿間頂得實在明顯，要是走到一半遇到薛明睽，乾脆一頭撞死比較快。

現在原地就解決，太失禮了。

我只能躺屍般等著生理反應淡去。

大概是最近圍繞發情期的問題，做了一場春夢。雖然造成窘境，可是意猶未盡回味無窮，幫忙度過發情期的設定太香豔了，現在再睡過去不知道有沒有機會接續夢境。

別想了，生理反應壓不下來。

好半晌過去，狀況減輕許多，我匆匆走去廁所解決乾淨，總算度過一劫。

這時早上九點左右，管家早已回去工作，主人家薛明睽仍未起床。主臥房門半敞，因為他會讓四廢寶自由進出臥房。

此情此景恰如夢裡，可是太荒謬了，人類沒有顯著發情期，不會出現懇求交配的模樣，別妄生期待啊。

我嚥下唾液，深吸一口氣，如夢境一般的路線走向主臥。可是我沒有偷看，而是先出聲喊他：「薛明睽？」

「唔……」裡頭傳出含糊的應答聲。

不知幸或不幸，總之跟夢境脫勾了。

我進了門，道：「起床了。」

「不要……」

起床濃濃鼻音聽來更像撒嬌，聽得心癢癢的。

薛明睽睡姿豪邁，棉被蓋得歪歪斜斜，一隻小腿探出床鋪。我想將它移回去，他卻半夢半醒，突然敞開腿來。

「快點進來……」

雖然穿著睡褲，可是聯想到夢裡同樣的邀請姿勢，這讓我的喉嚨變得乾渴，身體燥熱，腦海盡是糟蹋對方的念想。

薛明睽坐起身，睡意濃厚，邊打呵欠邊揉揉眼睛，「日畢先生早……我睡迷糊了，以為是白米飯鑽被窩……」

我仍調整不過來，心跳快得厲害，故作冷靜地道早。

薛明睽伸伸懶腰，正要一如往常微笑說話，眉頭一挑，笑容多了幾分赧然，「日畢先生最近很久沒紓解了吧。」

我急忙遮住下身，羞恥得耳根發燙。

「啊，抱歉讓你覺得難堪，我也常晨勃，你看。」

薛明睽掀開棉被，展露睡褲上那明顯形狀，試圖用「我們都一樣」來化解尷尬。

我腦子一片混亂，我對他有意，可以直接看嗎？他不知道我的心意，如果知道的話還會像這樣大方讓我看嗎？只有對彼此有意才可以互相看鳥吧？既然我們現在已經展鳥，代表我們兩情相悅，那現在可以算是兩情相悅？不對感覺邏輯有漏洞……

「哈哈，還是有點小尷尬。」薛明睽再次將棉被蓋回去。

「我去廁所。」我也備感難堪，趕忙再去解決一次。

淨化身心靈般的賢者時間已至，深深反省不該期待春夢發生，對著本尊一腦子黃色念頭，甚至發生生理反應，已經是性騷擾了。

在薛明睽準備完早餐，我鄭重向他致歉。

他嚇了一跳，連忙擺手，「是我該說抱歉，仔細想想日畢先生這些日子幾乎都在幫忙照顧我和貓咪，也很努力幫忙店裡的事，一定影響到你的私生活了，是我對不起你。」

我聽不太懂，「影響我的私生活？」

「嗯……像日畢先生這樣的高富帥，應該有交往對象吧。這麼多天都在照顧我們，女朋友會生氣的……」薛明睽笑容溫和，神色平靜眼神真摯，「我也不用拐杖了，再麻煩你就太過意不去，真的很謝謝你。如果女朋友生氣的話，我一定好好幫你解釋。」

他說的話都是好意，也充分感受到他的謝意。

可是他一定不知道，這是在拿刀刺我。

我無法直言，也不願壞他心情，只是淡淡回應：「不客氣。」

Love Battle V.S. Cats

第5章

CHAPTER

我瞪著筆電螢幕，離接受視訊邀請只差一個右鍵的距離，抗拒不斷冒出的視訊通話邀請鈴聲，最終在彼端屹立不搖的施家接班人兼大哥的堅持下妥協了。

大哥走冷峻總裁路線十幾年，誰會知道他是一個用豪華長型轎車接送弟弟，還會堅持打未接電話十幾通也不肯放棄的怪人。

在按下接受通話後，螢幕畫面冒出結霜似的冰冷表情，嚇得我心臟停了幾拍。

絕對不能惹大哥生氣——這是施家最近一代的家訓。

沒有去「寵友」上班，罷工罪行在前，大哥是有理由生氣的，不知道觸犯這條家訓會遭到何種懲戒……

螢幕上的大哥輕咳兩聲，冷霜融化些許，「抱歉，剛才在教訓幾個高階主管，一時情緒沒調整過來，沒嚇到你吧？」

好，他發過脾氣，現在應該消氣不少了。

「弟啊，為什麼不去上班？」

大哥溫和的語氣加上尚未調整過來的情緒，恐怖到令人頭皮發麻。

我故作鎮定，「過一陣子再去。」

「聽清奧說你在薛明睽的『人貓共食小吃店』當義工。」

管家這大嘴巴，說好的竹馬站在我這邊呢？

思及管家屢次勸我放棄，難道他已經向大哥說出實情——我在追求薛老闆嗎？雖然他很白目，但不曾背叛我。

我一時沒想好如何解釋，大哥卻擺擺手。

「你這樣做也有道理，哥不攔你，相信爸媽也能理解。」

自由戀愛是時代趨勢，但沒想到能如此寬容，願意讓我放手一搏再去上班，真是奇怪了……明明在回國前老爸千叮嚀萬囑咐，要我好好替大哥分憂的強勢做派，怎麼說變就變？

「好了，怕你提心吊膽來跟你說一下而已。無論如何，哥希望你成功，可是不要強迫別人接受。」

「我不會這麼做。」

大哥總算有了笑容，危機解除。

結束了話題，卻沒有結束通話。短暫的沉默總是發生在欲言又止的情況，近來時而有之。

我仍有點抵觸談及未來、工作之類的事，他們逼我選擇讓人更抗拒。

「想做什麼就去做吧，爸只是看你沒有目標才叫你回來做事。」

大哥一向成熟穩重，自然而然扛起重任。明明是自己的人生卻早已被他人規劃，大哥的付出讓我有了選擇的自由，可惜我沒有像是薛明睽那般熱情的展望，這讓我備感愧疚。

我問道：「哥在接班之前有想做的事嗎？」

「成為世紀天才。」

「……哪個領域？」我沒有印象大哥特別專精哪個學科，也不曾被稱為天才。

大哥笑了起來，「我不知道想成為哪個領域的天才，直到前幾年被冠稱商業帝王，恍然大悟我是想登上巔峰。」

不愧是大哥，連思考模式都這麼霸道總裁，將中二具象化可不是一般人能做到的。

「你不是說過現在還不知道做什麼嗎？」

大哥的語氣一如閒話家常，明明老爸也說過一樣的話，語氣些微調整便截然不同。不愧是我哥，知道怎麼跟我聊天。

「你去不去上班都可以，只是你從未打理過公司，希望你試試看。如果途中發現真的不是你要的，哥再收回來管理就好。」

他是真的疼我，我哪有臉再推託，不能再因為情愛而消耗兄長的關心。

「我會去試試，謝謝哥。」

大哥朝螢幕伸出手，途中想起這只是視訊而放下，「老愛摸頭的習慣該改掉了。」

「倒也不必。」我無所謂。

大哥一手摀住臉，嘆息道：「最近找時間回家一趟吧。」

「有什麼事嗎？」我記得最近沒有特殊節日，爸媽的結婚紀念日應該不需要電燈泡吧。

「你這麼可愛，哥想你了不是大事嗎？」

這麼喜歡弟弟才是大事吧。

自從出國讀書後，我彷彿成為大哥的孩子，搞得經常產生不能有子欲養而親不待的心情，再聊下去怕是兄弟變父子，匆匆結尾道別。

結束視訊聊天，這才聞到濃郁的咖哩氣味，從未關上的房門飄了進來，勾起肚裡的饞蟲。正巧快到吃飯時間，便直接下樓覓食。

管家正在裝盤，一大鍋咖哩到底是幾人份？我不喜歡隔夜菜，他也不會這麼做。

我問道：「你要招待誰？」

「薛先生和他家的孩子們。」

貓能吃咖哩嗎？不會最後全進了薛明睽的肚子？

管家將盤子端上桌，接著將鍋子也端上，「給少爺當快遞的機會？」

一勺咖哩飯剛送進嘴，嚇了一跳，險些送到喉嚨，嗆得咳嗽。

「少爺在躲薛先生，恐怕他都沒發現。」

居然又捅我一刀。

最近是有點消沉。看到薛明睽便想到他談起我有女朋友的事，理智分析這句話有幾種意思：其一，試探是否有女友，藉由反話來獲得額外訊息，例如彼此都是喜歡男生；其二，他根本沒想過我是戀愛對象。

理性和感性產生矛盾，心態越來越崩，於是鬱鬱寡歡。

「少爺，問您一個嚴肅的問題。」管家坐在餐桌另一側，「您從沒想過薛先生是異性戀嗎？」

膚淺！我哪會在乎這個？

我答道：「如果大宇宙的意志注定我們會在一起，那跟性別無關，我本身才是重點。」

管家略作沉思，頷首同意，「確實，如果注定會失戀，那少爺就不是重點了。」

他這麼合理反推，讓人很受傷。

想起剛才和大哥的對話，無論有沒有戲，薛明睽也看不上這種追求方式吧。我給他的形象是年紀一把沒有正職的免費打工菜鳥，生活起居還得依靠管家。

我的天，這是什麼廢柴形象？

「我下週一去『寵友』報到。」我說。

「真是明智的決定。」

為什麼沒有半點驚訝或疑問，回答得行雲流水，彷彿老早就這麼想。搭配我對他的瞭解，懷疑他一直在看猴戲。

管家笑容燦爛，「很高興您能頓悟，也謝謝您這段日子帶來歡樂。」

呵，臭男人，想什麼我都一清二楚。

「為了不通世事的少爺，這才有管家我的存在，容我向少爺說明。」管家輕咳兩聲作為認真的開場白，「既然要去報到，要好好跟薛先生提離職，就算您只是沒什麼用處的義工。」

到底把我想得多廢，才會認為我不知道這些事？

管家想了想，說：「少爺放心，我想薛先生也沒有把少爺當人力，有沒有少爺差異不大，想必不會造成薛先生的困擾。」

他的話不中聽，但撇除戲弄我的部分，實際上薛明睽此前一人經營，雖然辛苦但還算過得去，沒有我也只是回到原本的樣子。

沒有我的生活，或許真的無傷大雅。

「少爺，咖哩飯由您轉交吧。」

「我拒絕。」

管家「呵」了一聲，呵出了只有朋友才敢如此囂張的態度，「您再消極下去，最後有戲也會變得沒戲，給您一個藉口還不好好把握？您沒有推辭的選擇。」

我是需要找薛明睽，但是……

我嚴辭拒絕：「我會過去，但咖哩飯你自己送。」

「不能順便嗎？」

「能，但我看你不爽。」

嘴砲歸嘴砲，空手談離職有點尷尬，最後仍是帶上咖哩鍋來到鄰居家。鐵捲門已經拉開，但是今日公休，店內仍是無人狀態，不過既然鐵捲門拉開，意味著薛明睽醒來了。

我按下電鈴，等待屋子主人前來應門。

或許是談及離職，心裡有些忐忑。人生第一次打工和離職都獻給薛明睽了，就職動機不純，離職原因正當卻心情複雜。

丟下公司來追求薛明睽，過程逐漸心灰意冷，在大哥循循善誘之下，中斷追求去公司上班，可是去公司上班的心態也是半推半就造成的。

逃避有沒有用不清楚，至少是可恥羞愧到極點。

我沉浸在情緒之中，差點要拿頭撞牆，所幸被屋內來人的聲響喚回現實。

薛明睽開了店門，「日畢先生？」

頭髮東翹西翹，臉頰還有淡淡的壓痕。這段時日照顧薛明睽，發現他只要匆匆整理儀容總會呈現這副模樣，通常發生於賴床的情況。

我喜歡他慵懶閒散的模樣，享受生活，對我沒有防備才能這麼自在。可是對比現在因為他對我沒有情意而頹喪的我，心裡多了些許苦澀。

「日畢先生？」薛明睽又喊了一次，瞧眼我手裡的鍋子，鼻尖動了動，「是咖哩嗎？」

我點點頭，順勢遞給他，「還有，我要跟你請辭。」

薛明睽一頓，「請辭？日畢先生有做什麼需要辭職負責的事嗎？」

不純動機就職、追求他的行為及牆頭草般的上班心態，這些都該請辭負責，可是卑劣的我不想讓他對我的印象變得如此差。

我不願說謊，只能這麼說：「對不起。」

薛明睽踮腳摸摸我的頭，「雖然捨不得，也知道日畢先生不會一直打工，不用道歉啦，反而是我要謝謝你這段時間的幫忙。」

他這麼溫柔安慰我，我會有撒嬌念頭的。

「可以抱你嗎？」

「啊？」薛明睽嚇了一跳，面色微赧拍拍臉頰，接著笑得爽朗，「抱抱的話可以喔。」

我進屋將咖哩鍋放下，再次站到薛明睽面前，雙手一張將他擁入懷中。

薛明睽笑了起來。

剛才的行為挺滑稽，我被笑得有點臉熱，解釋道：「得把東西放好。」

「是啊，確實要把東西放好才能抱抱呢。」薛明睽笑個不停。

以後沒有辦法經常聽到這個笑聲，沒有辦法經常來見他，沒有辦法經常參與他的生活，真的很捨不得。

我悄悄貼著他的頭頂，雙手收緊些許，「對不起，給你添了很多麻煩。」

薛明睽拍撫我的背，「日畢先生一直很用心，幫了我很多忙，不該道歉啊。」

「沒有這種事，用心的話就不會變成我這種人。」

薛明睽一愣，抬首看我，「你是哪種人？發生什麼事才讓你這麼喪氣？是這樣才說要離職嗎？」

平時迷糊懶散，多少求愛示好都感受不到，怎麼這時就敏銳起來了？

我撇過頭，避開他的視線。

薛明睽掙脫擁抱，雙手抱胸站得挺直，一副「不講清楚我就站在這裡不走」的無賴樣。

我試圖無視這道視線，可是他執著得很，盯得頭皮發麻。

「……你會失望的。」我說。

薛明睽無奈地嘆了口氣，「對自己失望就足夠自省了，不要把我放在心上，放輕鬆點跟我說吧。」

「不，我就是得放在心上。」我握住他的手。

「嗯？」

察覺自己又亂來，我急忙鬆開手，懊惱又不知所措，不想讓他看見落魄喪志的模樣，掩住了眼睛，「逃避應承擔的責任，做事半途而廢，沒有目標的牆頭草，怕你知道我是這樣的人會失望。」

一時間陷入沉默，我看不見薛明睽又害怕看他，萬分後悔為何要說出口。

「日畢先生不是行動了嗎？」薛明睽頓了頓，繼續說：「雖然不知道為什麼選擇來我這裡工作，又為什麼離職，可是你真的去做了，只有做了才有機會找到不後悔的選擇啊。」

我鬆開手，睜眼看向他。

沒有想像中失望的目光，一如往常溫和善良。

當我們四目相交，他隨即笑瞇了眼，開玩笑道：「啊，該不會是後悔來我這裡打工吧。」

我知道他很溫柔，也知道他的笑容很吸引我。明明都知道才對，可是此時此刻彷彿第一次知道這些事，瞬間翻攪沸騰起來，胸口情感快滿溢出來，難受得幾乎沒有辦法思考，只想要找一個出口宣洩。

「打工是因為喜歡你，所以不後悔。」我說。

世界上的情侶是怎麼誕生的？正常流程來說至少會有一方告白，進而達成兩情相悅，接著昇華成為情侶。

這段過程說來簡單易懂，可是萬萬沒想到，過程會是如此煎熬痛苦，每天都在「早知道」和「落子無悔」盤旋，然而怎麼惶然不安也沒用，只能自己苦吞焦慮，靜候佳音。

或許有人會趁勝追擊，不過我沒有再去找薛明睽，他也遲遲沒有動作。

日子一天天含混過去，到了前去「寵友」上班的日子，沒想到管家也打算一起去。

管家西裝筆挺，提著公事包，「少爺，總裁大人，我是您的祕書啊。」

嚇到我了，而且太不舒服了。

「一天二十四小時，你跟我相處的時間會不會太長了？」

「主僕耽美劇很常見呢，但很慶幸我與少爺沒有領到愛情劇本。」

「以後也別領錯了。」

「瞎了才領錯。」

「你說什麼？」

「少爺都命令我不能領錯了，那得我眼睛瞎了才會拿錯啊。」

呵，算你行，還能圓回來。

我們來到公司門口。這棟商業大樓是施家的，可是裡頭不只有「寵友」，還有其他子公司的辦公室。

人潮陸陸續續湧進門口，員工紛紛低頭用手機打卡，所以即便電梯排隊隊伍長得不像樣，也沒有員工面露焦急。

高層主管有另外的電梯空間，一路順暢坐到十五樓。

當看到「寵友」LOGO，心裡壓抑的緊張湧現出來，同樣一起上班的管家應該也差不多吧？

管家察覺我的視線，「怎麼了？緊張的話要幫您打氣嗎？甘巴爹（加油），少爺可以的！」

我忍不住翻白眼。

雖然一樣欠揍，不過跟平時一樣欠揍，倒是讓人冷靜下來了。

我們在電梯前聊了一段時間，不久一位中年男人前來迎接。根據大哥提供的資料，我記得他是目前負責「寵友」的專業經理人，名叫許一曜。

「日畢，歡迎您來『寵友』。」許一曜伸出手。

這話聽起來有點奇怪。我頓了頓，回握他的手，「辛苦你協助公司發展了。」

許一曜領著我到辦公室，「剛回國就要您上班實在辛苦了，您可以再多休息幾日的。您初來乍到但不用擔心，就我所知公司一直都很穩定。」

我聽懂他的意思了，「有你在很穩定，不用我也沒差的意思是嗎？」

大概是話說得太白，許一曜嗆咳得不輕，「……不是的，有您在會變得更好。」

「少爺您誤會了。」管家呵呵笑道：「少爺常說沒有我也沒差，可是少爺沒有我還真的不行呢。許先生就是類似的意思，對嗎？」

這是要他說對還不對啊，管家的技能都點到嘲諷了吧。

送走許一曜後，我靠在辦公桌望向門口。

專業經理人原本是公司主事者，雖然總裁名頭掛在大哥身上，可是大哥忙到沒精力管理，實際掌權者還是許一曜，突然空降個總裁搶了自己的權力怎麼可能會高興。

我理解許一曜的敵意，但現階段下決斷還太早，現在仍需要他。

雖然是我們施家企業的子公司，但突然要一個剛畢業的菜鳥當老闆，對企業來說是一種動盪，容易引發股東不安影響上市股票，所以至少許一曜得在我身邊來穩定人心。

再者，或許許一曜只是需要適應與接受的時間，不該直接認為他有異心。

靜觀其變吧。想通這件事的處理方針，總算能好好參觀辦公室環境，人體工學椅和接待客人沙發組不提，還有休息室和衛浴間，配備齊全到基本上可以住在裡頭。

應該不是為了讓總裁忙碌到得三天兩頭住公司加班吧？

結束參觀正式坐上辦公椅，陸陸續續接見各部門主管，一個上午莫名其妙便沒了。中午還不消停得參加聚餐，下午接待幾組前來拜訪的合作廠商。

簡單來說，上工第一天都在陪笑，真是萬分懷念在「人貓共食小吃店」的打工生活。

結束今日行程，管家解開襯衫第一顆鈕釦，「如果主管們都跟薛先生一樣和藹可親，還有貓貓們陪我上班的話，我會喜歡這個工作環境的。」

真是失禮，但是我心裡也是這麼認為。

畢竟是新上任總裁，大家來拜碼頭實屬正常，但總不會天天有人拜，大概三天左右便消停許多。我也開始整理公司內外部人物關係，費了大半天畫出利益關係圖。

管家端上下午茶，瞧眼辦公桌幾張A4鋪排出的心智圖。

「少爺，我放在桌上這疊文件都沒看嗎？」

多麼令人不安的問句，我拿了最上頭一本翻了翻。

管家面露同情，「大少爺那麼疼愛您，怎麼可能讓您白紙一張？這些是您該掌握的資料，我替您整理好了。」

我對資料沒有意見，可是對現在才告訴我的管家很有意見。

「擺在桌面中央都沒能讓您瞧見，是我高估了您的眼睛。」管家九十度鞠躬，誠意十足，「對不起，我失職了。」

太氣人了。我重新抓起文件翻看。

資料整理得簡單易懂，從公司架構、歷史發展、未來展望、歷年資產狀況……能對公司脈絡有一些見解，至少不會瞎子摸象，讓我渾然不知便立刻擔任掌門人。

雖然不能完全背起來，但是讀過有記憶，之後查找也會快上許多。

公司創立至今約十來年，幅度不大但一直穩定成長，沒有太多負面事件，同樣也沒有太多正面事件，能做到中庸也是不容易。用這種方式走了十幾年，經營模式穩紮穩打，難怪大哥會把這間公司交給我，可以吸收經驗值又不用擔心被搞到倒閉。

公司一直是掛大哥的名字，記得專業經理人是第三年才進來。這種經營模式不像老爸大破大立的做法，也不像大哥出奇詭計不走穩定路線，難道是後來全權交給許一曜就撒手不管的緣故？

我翻找人事資料，意外發現一個姓名。

——薛明睽。

公司成立的第一批員工，隸屬貓食品部門，五年前擔任主管，一年前離職。

我站了起來，看向被嚇到的管家，驚愕得說不出話，指著手裡的資料。

管家前來瞧眼，「喔，對啊。」

「『喔，對啊』？你知道？」真想彈他腦門！

「當然知道，大少爺也很想挽留他。」

「為什麼不跟我說？」

「很有趣……咳。」管家以咳嗽掩飾失言，「我不想讓您追求愛情的過程挾雜不純潔因子，希望少爺體察我的用心良苦。」

我直接彈他腦門解氣，「你說大哥也想挽留薛明睽？所以他才知道『人貓共食小吃店』？」

管家摀著額頭頷首。

「該不會他以為我是在幫他挽回薛明睽吧？」

管家繼續頷首。

……就想為什麼他能接受我去打工，還能理解我的做法，原來是這樣。

沒想到曾經有機會發展職場戀愛總裁文，生生被我蹉跎歲月錯過了。

如果是祕書……不對，薛明睽是主管，穿西裝……不對，公司沒有衣著規定，多半員工穿得隨性，薛明睽平時便服也以舒適為主，想必不是西裝吧。好吧，便服主管薛明睽發號命令，管理一票下屬那模樣……不對，他那麼軟乎乎的性格，加上當時二十幾歲，不會反被欺負吧？

我只是意圖妄想錯失的曾經，結果現實逼我腳踏實地。

那麼務實點找找薛明睽復職的可能性吧。

他在公司負責貓咪飲食相關業務，天職所在，怎麼會離職？我繼續看向離職原因，「個人職涯發展規劃」，這麼官腔嗎？如果能解決他的離職理由，或許我們仍有機會當同事，也有機會發展出抬起他的下巴說「你也有今天」的復仇情節。

既然紙本找不出原因，只好詢問管家。他卻說：「說是私事不便多談，不好追問。大少爺以為您要打感情牌，雖然誤打誤撞，但還有機會避免被發現您的私欲喔！」

什麼感情牌，我都直接梭哈了，不知道有沒有好好傳達告白，糊裡糊塗的，至少要真摯地表達出來啊。

我會不會被拒絕……不行，至少要把心意好好說出來，請他暫緩答覆吧。

如此一來，我還有機會去找他。

說起來，已經很久沒見到他了。

好想他。

上班族總是會下班，下班後總是要回家的。回家後不一定總是窩在家裡，可能出門買東西，可能出門運動，當然也可能去鄰居家閒聊打牌混頓飯。

因此下班沒事拜訪鄰居薛明睽，也是情理之中的事情。

我一腳踏在門內，一腳落在門外，保持隨時都像剛回家的模樣，無論薛明睽進門或出門，都能讓我有「剛下班回家」的狀態可以假裝巧遇搭話。

仔細想想，特地尋求合理目地，意味著對此有一定程度的心虛。難道我的自尊心要我做出一番佳績，打消之前漫無目標的頹廢形象才能見薛明睽嗎？

「少爺，今天吃牛排喔。」管家沒有吐槽我的行為，拉開門直接進屋。

「你不該說點什麼嗎？」他這樣裝作不知道更讓我難受。

「保重腦袋。」

……好，我清醒了。做了極度愚蠢的事情，趁還有挽回的機會趕緊進屋。

「日畢先生，你是被門夾住了嗎？」

身後傳來薛明睽的聲音，他提著鼓鼓的購物袋，儼然剛購物返家。我腦中構築出超商路線，他在這個時間點從我的視線死角回來，意味著薛明睽是看著我的假動作走近的。

被門夾住和假動作哪個比較羞恥？

在轉身的短短幾秒間做好決定，我老實說：「我想見你，可是不想太刻意。」

薛明睽愣了愣，笑著拍拍我的背，「幹嘛這樣？想見就直接來啊。這幾天日畢先生不在，我也覺得有點無聊。」

這個反應似乎有點奇怪，面對告白者能如此自然嗎？他是不是沒有意會到我的意思？怎麼可以這樣？我這幾天的忐忑都是一場空嗎？

明明過來前才想請他暫緩答覆，結果根本沒有傳達成功。可是我不覺得慶幸，反而感到失落，還有一股不甘心的勁頭，所以又說了一次。

「我是喜歡你才想見你。」

「哈哈，這麼肉麻嗎？」薛明睽撓撓臉頰，「我也喜歡日畢先生啊，跟貓咪一樣可愛。」

這種古早味小說才會出現的話，怎麼還是這麼有效？不管是裝作不知還是本性如此，他以為打哈哈能逃過一劫就想太多了。

「你比貓可愛。」

「不，怎麼會有比貓咪可愛的生物？」薛明睽反問，甚至提出反證敘述，「我沒有那麼好摸的毛，沒有圓滾滾的大眼睛，撒嬌起來不可愛，也沒辦法抱在懷裡揉揉捏捏。」

這種論證難不倒我。

我摸摸他的頭髮，「頭髮很柔順，眼睛不用太大，剛好就很好。你平時歪頭撒嬌很可愛，送你去醫院時也抱過你。」

懂了嗎！薛明睽！這叫情人眼裡出西施！

薛明睽想了想，「嗯……那揉捏起來如何？」

為什麼堅持要用「揉捏」這個字詞，想像畫面有點猥瑣。

屋內的管家喊道：「揉捏哪裡或哪裡可以揉捏我都不管，但請離我遠點啊！」

「看來清奧先生心情不太好。」薛明睽越過我，喊回去：「今天是洗澡日，清奧先生要一起嗎？」

在對自己告白的人面前邀請別人一起洗澡，這種行為前所未見。

我也做出前所未見的阻攔，「要洗澡就跟我一起。」

薛明睽想了想，「好啊，那今天就拜託你了喔。」

知道這句話是多麼值得慶賀嗎？以後宮文來舉例，今天是小才人被翻了牌子的意思。

獲此殊榮不假，然而我不是不知道洗澡日的意思，什麼綺麗共浴都是做夢，不就是幫四廢寶洗澡嗎？

整個過程超乎意料艱難，這就是貓咪對洗澡的抗拒和人類毅力之間的角力。

我和薛明睽合伙將白米飯抓進浴室已經耗費不少體力，一隻胖橘在狹小的浴室找縫鑽，繞著馬桶前前後後閃避，靈活的小胖子實在可怕。

好不容易捕捉入水，淋溼了一身橘毛，無法抵抗的白米飯攀著浴缸邊緣哀號，一向父愛如山的薛明睽此次選擇無情搓洗橘貓的身體。

薛明睽見我擺出手術前手勢沒有動手，問：「不敢搓貓咪嗎？」

雖然知道本質是貓咪，仍不免有替少年洗澡的既視感。薛明睽一個當爸的沒什麼，我動手不會被抓去關嗎？

關於我的疑慮，薛明睽認真想了下，「不過是在幫貓咪洗澡啊。」

「豪車和梔子花都是大人。」

「他們也是貓咪啊，變成人我就不洗了。」

此話一出口，橘貓耳朵扇了扇，轉眼間浴缸多了一個赤裸的小胖少年，「現在不可以幫我洗澡澡了！」接著開門飛奔出去，薛明睽只好跟著出去抓人。

還是這麼吵吵鬧鬧，連培養感情的時間都沒有。

很高興能再次看到這樣的薛明睽，同時也感到失落，或許這段期間沒有我也是一樣的。此時被貓咪洗澡水濺了一身溼而狼狽的我，體現了舉無輕重的地位。

這時浴室門敞開了些，裸著上身的豪車瞥了眼。「換你服侍了？算了。」喃喃自語後，邊脫褲子邊走進浴室開水龍頭，用大爺泡澡的姿勢浸泡在只有幾公分水深的浴缸。

這是要我幫他洗澡？還是大人的形態？瞧瞧這豪邁的姿勢，休想要我洗那東西！

「貓不是不喜歡洗澡？」

「人形洗澡舒服。」豪車遞出手，催促道：「快搓澡啊，白痴。」

「不會洗澡日都是這樣……？」

「廢話，你不想讓薛明睽做，就給我接手好好做。」

可惡，薛明睽不是說都是貓咪嗎？不是說不幫人形洗澡嗎？為什麼豪車是例外！

堂堂施家少爺沒做過這種事，我不依。

話說回來，我有必要親自做嗎？不如叫上管家，幫貓洗澡不是他的榮幸嗎？不行，管家不知道人貓共體，以為是幫男人洗澡吧。要是他知道這男人是貓，不曉得會是什麼反應。

雖然好奇，但要堅守和薛明睽之間的小祕密。

經歷一場思考之旅歸來，發現豪車細長的瞳仁盯著我，「如果讓其他人代勞，你這輩子別想靠近我的奴才。」

沒拿到同等地位前，只能忍字訣了。

我咬牙拿搓澡球搓他的手臂。堂堂少爺為了愛情折腰，忍辱負重的故事總是刻骨銘心，我得為了完美結局忍耐，但絕不會替他洗那個部位的。

豪車閉眼享受專人服務，半晌突然開口：「喂，你這陣子沒過來煩人，是厭煩我家奴才了？」

「怎麼可能。」

「哼，那就好，現在逃走可不行，大爺我還沒把你鬧到崩潰。」

想起他那陣子種種阻撓，既然願意直接對話，我也想搞清楚他的意圖，「你見不慣有人追求薛明睽？」

「你們想交配是你們的事，但薛明睽必須把我們貓咪擺第一，你只能是老二！」

……可能是他的老二在我視線裡張揚存在感，這句話聽起來格外刺耳。

我拿水盆蓋住它，控訴一直以來的惡行：「霸占他不放手，你倒是給點能交配的時間。」

「那是交配在做的事嗎！」豪車抬身喝斥，日光燈照射到他的臉上，瞳仁收縮成細線，多了幾分威嚇感，「讓你們交配，不是讓你們看對眼，剝奪他對我們的心思！」

這傢伙真是奇怪，既討厭我追薛明睽，又不樂見我離開，貓咪心海底針。

「不知道你怎麼會有這種想法，薛明睽多看重你們，就連認識不久的我都知道，你不用為了這種事不安。」

「……哼。」豪車這聲沒有什麼力道，雖然沒有那麼憤慨，但撇過頭拒絕繼續對話。

這要是我的孩子就一屁股打下去。

真搞笑，若薛明睽有了戀人，說不定溫存到一半都能突然跳起來說「餵飯時間到了，可不能讓貓貓們餓肚子」。想像畫面現實到令人驚悚，這隻臭貓還會產生這種不安真是太奢侈了。

薛明睽留了一張「我待會回來」的字條，筆跡倉促潦草，顯然是有急事要處理。雖然是寫「待會」，但在四廢寶都洗澡完的三小時後仍未歸來。

會不會發生什麼事——當產生這個念頭時，手機傳來了薛明睽的訊息：「抱歉，我有事還沒辦法回家，能拜託你再照顧一下貓咪們嗎？」

我立刻回覆：「好。你沒事吧？」

「我沒事，回家再跟你說清楚，真的很抱歉！」

「好，我等你。」

無論多久，我一定會等到你回來的。

一個人獨自坐在客廳等人，反覆咀嚼這段對話，嚼出一點苦守晚歸戀人的味道……我揉揉不該上揚的嘴角。

「為什麼他一個人在那邊笑？」

老早躺在地板紙板上的白米飯，歪頭問問一旁玩著尚方寶劍的包太陽。

「沒玩玩具也在笑嗎？」包太陽坐起身，「那是瘋了吧？」

「還是吸太多貓草了啊？」白米飯搓搓手臂，「上次吸太多，醒過來時我居然四腳朝天乖乖讓爸爸揉肚皮，超可怕的啦！」

包太陽吸了吸仍殘留些許貓草味的尚方寶劍，「吸太多會跟他一樣傻，要適量！」

白米飯望著我的目光充滿同情，「到底吸了多少，傻成這樣太可憐了吧……」

他們是當我眼瞎耳聾嗎？

「爸爸去哪裡了啊？這麼晚都沒回來，我去看看。」

白米飯小跑步下樓，不久又晃回來躺下，但總是焦慮地翻來翻去，惹得包太陽心煩意亂，拿尚方寶劍砸他的臉。

「等會就回來了啦！你是在焦慮……」包太陽驚訝地看向白米飯，拋下寶劍，雙手搭著他的肩膀晃來晃去，「天啊，你是得了傳說中的分離焦慮嗎？聽說這是家貓才會得的絕症啊！啊啊怎麼辦？你會不會死翹翹啊？豪車知道的東西多，我這就找他救你啊啊啊——」自說自話後，奔出客廳找賓士貓。

「我哪有分離焦慮啊！不要亂說！我只是……只是怕跟以前一樣……！喂！包太陽閉嘴啦！很丟臉耶！」白米飯滿臉通紅追出去。

他們到底在幹嘛……

之前看他們莫名其妙追來追去，當時有心解決，但根本不懂他們在吵什麼。有時只是路過對到眼，就突然衝過去暴打一頓，問原因也只是一句「剛才見到他突然很不爽」，街頭貓混混嗎？

他們不曾跑來暴打我，是否說明沒有看我不爽？開玩笑，我怎麼能把他們想得如此善良？已經逼得我跟他們相處時間遠大於跟薛明睽了，剝奪我追求薛明睽的機會，比暴打還要惡劣，不要叫他們四廢寶，改叫四大魔王吧。

「我回來囉！」

樓下傳來薛明睽明朗的聲音，我瞬間抽離邪惡混亂的思緒，整頓了下儀容，快步前去歡迎他回家。沒想到四廢寶從其他房間插隊，於是只能擠在隊伍末位，在無法超車的走道乖乖跟著隊伍前進。

此情此景實在荒謬，我是不是得拿出十週年紀念週邊才能參加薛明睽的握手會？

「爸爸你終於……」白米飯張開雙手奔跑到一半，突然變回橘貓，後空翻跳到我的頭頂，豎毛哈氣：「哈——！」

前方隊伍陷入混亂，連豪車都變回貓咪跳到我的肩膀低吼。只有幾個人的群聚，一失序就變得如此糟糕，因小失大不可不慎啊，我的頭頂毛囊承受不住幾次物理上的尖銳刺激。

在四廢寶緊急撤離現場後，隊伍末位的我總算見到薛明睽了。

他抱著小紙箱，裡頭探出一隻小小的灰貓，一人一貓不約而同朝我眨了眨眼。

我不知道握手會有這種福利，上繳黑卡能無限續約粉絲福利嗎？不過還是下次再說，我得快點解決頭頂越陷越深的爪子。

我指著紙箱問：「你要養第五隻貓？」

薛明睽慢了幾拍，才意識到四廢寶的反常是來自紙箱的灰貓，急忙否認：「沒有啦，你們沒有多一個妹妹啦。牠被放在店門口，身體有點虛弱，先讓牠住幾天再找好心人領養。能包容一下這位可愛的妹妹嗎？」

我沒問題，但我不在詢問人選範圍。

豪車抓我肩膀的力道放鬆許多，尾巴使勁往我臉上一甩，跳下肩膀直接離開，顯然還在生氣狀態。

白米飯再次變成少年，攀坐在肩上，雙手仍揪著我的頭髮，「牠……怎麼了啊？」

「太久沒吃東西，身體不太好呢。」

「餓肚子……要多吃點才行……」白米飯頭靠在我的頭頂，語氣十分掙扎，「住一下喔……不可以太久喔……」

薛明睽想跑來的腳步一頓，握緊拳頭，「被誤會外遇的我不能得寸進尺啊……！」

太悲涼了，你們這個多角戀劇本也讓我參加啊。

Love Battle V.S. Cats

第6章

CHAPTER

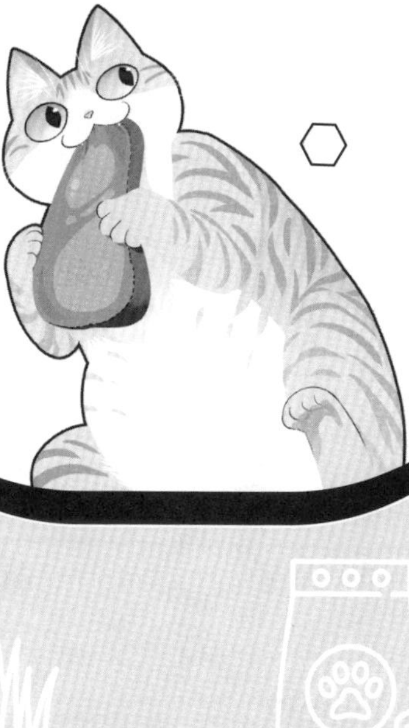

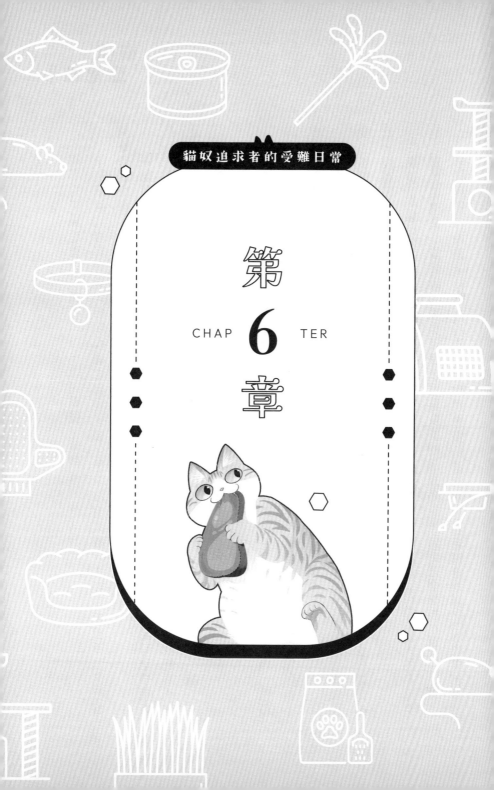

貓咪戀愛戰爭

幼小的灰貓是被丟棄在店門口，時間點就在我們幫貓洗澡時。

小灰貓餓到沒有力氣，薛明睽急忙帶牠送醫，所幸沒有大礙，主要是營養不良，好好調養便能康復，當晚吊點滴幾個小時後就回來了。

事後調監視器查看，得知棄養者是一位男性，將貓隨意扔到門前，接電話時氣憤地吼著：「分手了自己不養扔給我，還管貓有沒有死啊？妳擔心自己養啊！沒錢關我屁事！」掛斷電話後，還踢了紙箱一下，怒氣沖沖地說：「把你扔給養貓的人已經對你夠好了啊！」

可想而知，即便找到棄養的人也無濟於事，小灰貓勢必得送養。

薛明睽不是沒想過自己領養，可要是之後頻繁發生這種情況，他也負擔不起。

灰貓是品種貓，只要身體健康不難送養，偏偏在血檢時意外發現感染貓愛滋病。這種病正式名稱為「貓免疫缺陷病毒」，和人類的愛滋病不同，同樣是免疫系統出問題，但不會感染人類，致死率相對較低，甚至只要日常照護妥當，可能一生都不會發病。

可能的意思代表有可能不會發生，也可能會發生，做好「發生」的防範準備也非常重要。貓愛滋涉及免疫系統失常，沒有根治的方法，可能會有併發症，就醫次數也會變得頻繁，沒有寵物健保的情況下，相當考驗口袋深度。

無論是否發病，最重要的是飼主是否有決心挪出心力照顧愛滋貓。以領養人的角度來說，當然希望養一隻健康的貓咪就好，就算灰貓的送養率高，面對這個情況仍是未知數。

早已具備各大貓咪社團會員的薛明睽到處張貼送養文，老老實實交代前因後果和身體狀況，因此觀望的人相當多卻沒有人私訊他。

現在店裡的領養告示多了一張灰貓的照片，期望找到有緣人。

我想如果真的找不到，由我接收也無所謂。我沒有經濟壓力，加上管家愛貓成痴，有他照顧不用愁。

這是最佳解了吧，薛明睽大可直接採用這個方案，但他只是苦笑說：「謝謝你，如果真的不行，就只能麻煩你了。」

我不懂他為何心生苦澀，便直接問他。

他說：「不是出自本心，容易跟棄養牠的那對情侶一樣再次拋棄牠。」

「就算中途再另外找領養的人也一樣？」

「嗯……這是相對負責的做法沒錯，但終究會給牠們傷害……啊，不是說這樣的想法有問題。」薛明睽急忙解釋：「日畢先生願意收養，無論如何還是能有歸宿，所以還是非常感謝你。」

為了貓的歸宿思慮良多是好事，但若是撿到十幾隻貓，送養不順利，送養後待遇不如預期諸如此類的問題，這分熱情又溫暖的善意會不會壓垮他？

我只能做到一起幫忙找願意收養貓咪的飼主，盡量避免他因此受傷。

我動用回國後沒再用過的社交軟體，沒想到上次發文已經是六個月前的事情，不過我本來就少發文。這是我們家的家規，之前施家大哥因為親戚合照被跟蹤狂找到家裡，從此添加家規：社交軟體危害人身安全，少公開私生活，避免歹人作怪。

薛明睽經營的店面帳號風險頗高，但總不能因為別人做壞事就不做喜歡的事情，回頭叫管家多買幾臺監視器，請保全巡邏時一起注意鄰居家。

我在社交軟體上傳灰貓照片，複製薛明睽撰寫的領養資訊。十分鐘過去，只有按讚和罐頭回覆，仔細想想他們不是早有養得嬌貴的寵物，就是壓根沒興趣。

我不是朋友少，是重在品質。

視窗忽然跳出大哥的私人訊息：「要我幫忙？」

日理萬機的大哥格外重視家人的消息，每次都會在十五分鐘內回覆，至於爸爸老是抱怨大哥不理他，一定是他老是發長輩圖句點人的關係。

「可以嗎？」送出訊息後，想了想又補了句：「不會又有條件？」

「嗯，好好上班，管理好『寵友』。」

真是籠統的條件，怎樣才叫管理好？不倒閉算嗎？當然我沒有回覆這麼大逆不道的話，知道他是要我盡我所能，不要敷衍了事。

我鄭重地回覆：「好。」

「瞧你輸入文字的時間恰到好處，代表你已經好好想過了，哥相信你。」

……為什麼盯著我輸入訊息等回覆？

大哥介紹一對願意領養灰貓的退休李氏老夫妻……這不是電子產業李藤集團的董事長

嗎？小時候見過幾次面，原來退休了啊。

據大哥所述，他們退休後經營一間民宿，為的不是賺錢而是交朋友，平日有錢有閒就差隻寵物當孫子孫女來養。

薛明睽睜著圓圓的眼睛看我，「……日畢先生真的是富二代啊。」

「你不知道？」

他笑得靦腆，「大概是你太親民了，以為你只是比較富有，果然生活圈差異很大呢。」

我不懂他為什麼要營造這種距離感，「現在我們都位於彼此的生活圈中，我們才一起幫四廢……幫貓洗澡不是嗎？」

薛明睽愣了愣，笑了起來，「是啊，差點忘了這位貴公子清過貓砂盆。是我想多了，日畢先生就是我的朋友，朋友釋出善意不分貴賤，那麼請容我不客氣接受了！」

望著他自在暢談的模樣，心臟有些癢癢的。這麼可愛又好相處，正是我欣賞的人。

「我看看地點喔……」

薛明睽在地圖APP輸入地址，座標釘選在山脈中，位於一處名為梅園山谷的社區。雖是地處偏遠，但每逢花季山谷梅花盛開，吸引許多遊客慕名前來。

現在時值大暑屬於淡季，至少不會遇到堵在山路動彈不得的情況。無論如何，讓兩位老人家舟車勞頓，薛明睽實在過意不去，打算親自前去。

我看單趟車程時間約四小時，問道：「你打算住一天嗎？」

「當天來回吧。」

薛明睽沒有絲毫猶豫，難道我們對時間單位的理解不一樣嗎？

「你這樣開車整天不累？」

「累啊，但我是有家眷的男人。」

他看著我的方向。但我是何等精明，沒忽視他的眼神焦點落在我後方的豪車。

「難道說你為了照顧他們，不曾出遠門嗎？」

薛明睽頷首，「我本來就宅，不出門也沒差，跟貓咪們一起懶懶的躺著比較開心。」

身為一個不時就想外出的人，不由得有點緊張，「如果你的戀人喜歡出去玩，你會怎麼做？」

薛明睽笑容燦爛，「讓他自己去啊，這麼大的人了，還需要人陪嗎？」

……感覺背後中了一箭。

「哈哈，開玩笑的，我也可以一起去，但是貓咪們得有人照顧才行。」

我聽懂這話的意思了，要約會就得搞定他家四廢寶。

這還不簡單。

「貓就交給管家，我們去梅園山谷兩天一夜。」為了避免私心太明顯，我補充道：「多住一天，可以確認灰貓安頓妥當。」

「……也好，住一天也能幫忙老人家看看有沒有缺東西，協助新手養貓。」薛明睽認同，頓了頓又問：「日畢先生也要去嗎？」

不小心省略詢問過程，太自以為是了。

我的背流下一滴冷汗，急中生智，「車程長，輪流開車較安全。」

「原來你會開車嗎？幾次看到你都是清奧先生接送上下班，是我先入為主了啊！」

我在他心目中似乎是五穀不分、四體不勤的形象。他是對我有誤解，還是對有錢人家都有誤解？再多解釋也無用，坐而言不如起而行，回頭制定改善形象作戰計畫，第一項就是自己開車上下班。

他仍糾結麻煩管家的問題，「讓清奧先生照顧貓咪，我們跑出去玩感覺挺抱歉……」

「他跟我一起旅遊出門，那是在上班，讓他照顧貓是放假。」

「對喔，差點忘記他還是你的管家。」

忘記我是財閥集團子弟，忘記我還有管家，也一起忘記我的廢柴形象吧。

小灰貓的去處有了著落，薛明睽寬心許多。他望向灰貓的紙箱小窩，化為人形的豪車老早就坐在貓窩後方的椅子上，雙腿扣在紙箱兩側，漫不經心地晃著逗貓棒逗弄幼貓。

豪車平時惡行霸道，居然會做出這種溫馨舉動？他不是對外來貓反感嗎？

薛明睽似乎不覺得奇怪，揉揉豪車的頭髮，被後者一把拍開。薛明睽倒也習慣了，改為蹲下摸摸灰貓的後頸。

「妳會有一個幸福的家，不用擔心了喔。」語末，他朝豪車笑彎了眼，「我們家的山大王還親自監督送養情況，真是溫柔呢。」

「一天到晚自以為是。」豪車重新變回貓，一轉眼便跑到樓上。

一舉兩得，真是美好的成語。

為了改善形象而親自收拾行李箱這種麻煩事也變得美好，雖然以前都是其他人代勞，但物品清單基本上還是我決定的。

分場合的衣物鞋帽是理所當然，枕頭和洗髮乳得自備，我用不習慣外面的。

對了，還有每次都會被強塞進來的保險套，甚至成為不成文的家規，因為家母擔心人在家中忽然多了一打抱著嬰兒認親的人。

這是良好習慣，以往不覺得怎麼樣，有需要就用，沒用到也不會怎樣，但是……要是被薛明睒看到的話，我寧願是廢柴形象也不想被誤解成色鬼。

要家規，還是要形象，這是個難題。

我瞪著回國時保留至今的小套子，試圖逃避選擇，「田管家，可否替我保密一回？」

站在一旁看我整理行李箱的管家負手在後，回道：「少爺沒想過可能會用到嗎？」

心臟漏了一拍。

管家繼續打強心針，「這是有可能發生的事情，就算是百分之一，只要不為零都是有機率發生。」

「反過來說，有百分之九十九的機率會形象崩壞。」我將保險套丟進行李箱。

「沒想到少爺對這分感情如此沒有信心。」

「別用激將法，我不會上當。」

光是收拾行李箱就能反應人際關係的爾虞我詐，知道適者生存是多麼困難的事情了吧。

管家立於原地半晌，明明乖乖站著看我整理就好，偏偏嘴巴閒不住，「話說少爺不是失戀了嗎？現在開開心心跟薛先生出門，是要忘記前塵，重頭再來？」

哪壺不開提那壺，是我的管家沒錯。

「沒失戀，他沒有意識到。」

難得管家之口才居然沒第一時間吐槽，抬眼看去才知道他一直投以悲憫的目光，我才懶得理他。

沒意會到告白，佐證他對我沒有戀愛的想法，亦可解讀為他從未用這樣的角度看待我，但不代表沒有機會。至少要好好地讓他認知到「我喜歡他」這一點。

如果他遲鈍，那麼我就表達得更直接。

「我會再告白一次。」

管家聞言，動手幫忙收拾行李，此舉不安好心，不知道又打算損我什麼。

「幹嘛？」我心生戒備。

「尊敬少爺的愛、勇氣和自給自足的希望啊。」

雖然沒有欠揍，仍令人不快，我也很佩服這種讓人不由得不愉快的本事。

管家將保險套扔出行李箱，「既然您要修純愛道，不能半途而廢改成雙修術，直接放棄這條路吧。」

真是謝了。

「你這麼支持真的很噁心。」

「我為施家奉獻這麼多年，一顆忠誠之心向著施家。」管家拍了拍我的肩膀，「如果有幸成功，少爺情場順遂，順道來個雙喜臨門，替大少爺將薛先生拐回『寵友』上班吧。」

原來還打著這個主意，這傢伙真不是朋友。

我冷哼聲：「不幸失敗的話？」

管家想了想，「如果被薛先生拒絕了，少爺情場失意，職場總得得意點，至少替大少爺將人拐回『寵友』上班吧。」

嘖，虧我當他是一丁點朋友，結果那麼為大哥著想。

管家幾句話之間收拾好行李，調整鬧鐘時間，準備離開房間之際說道：「最近豬腳缺貨不能準備豬腳麵線，所以會準備好紅豆飯的。」

我撓撓臉頰，有點尷尬。

老實說，我還沒決定這次旅行就表白……

清晨五點鐘，準備出發前往梅園山谷。

準備——意味著尚未出發。就算車程四小時，為什麼需要這麼早出發？此前猜測是避免遲到的風險，然而實際情況則是薛明睽的出門儀式太多了。

他的行李就一個後背包，但小灰貓的衣食用品占滿整個後車箱及後座，搬運及盤點便費了些許時間。

這還沒有結束，他鄭重地跟四廢寶道別。

翻出睡在貓抓塔頂端的梔子花，親吻白貓的頭頂，「我後天就回來了，還沒走就開始想你們了，我會……」話還沒說完，被白貓肉球打一巴掌。

接著，鑽進被窩狠狠揉揉抱抱白米飯，「嗚嗚每半小時就要吸一次白米飯，爸爸這兩天該怎麼活？白米飯再讓爸爸吸一個……」

吸了十五分鐘，頂著不知是幸福還是遺憾的狼狽模樣，繼續尋找下一個目標，依依不捨地訴說愛意。

好不容易結束了四廢寶的道別，薛明暌雙手握住管家的手，第N次仔細交代四廢寶的照顧事宜。

我的管家╳我的暗戀對象。

我的朋友╳我的暗戀對象。

管家意會到我的臉色不對，頓時神色悲慟，「薛先生，就算你我對貓的愛意相通，如今也無法同住一屋。少爺……他是個好人，這兩天會好好待您，我在家中等您歸來，請別忘了這個家……」

這傢伙昨晚還有臉支持我的純愛道，他才是會害我走火入魔的業障。

再繼續怒火攻心，恐怕會見血。

我將寵物提籃交給薛明暌，讓他不得不鬆開管家的手。

「該走了，不是約下午一點？」

雖然這是我的車，經由這些日子上下班練習，已能展現男人開車時的帥氣視角。但考慮歸國不久對路況不熟悉，不安全的耍帥是愚蠢的，所以我選擇坐到副駕駛座，回程再由我為旅途疲憊的他護航，不也是帥氣的選擇。

薛明暌將灰貓放到後座，坐上駕駛座，將座椅往前調整，這種身高差真讓人心動。

經歷三小時的離家儀式，座標總算有明顯位移。

此時此刻正式開始我們兩人的旅遊，有別於我愉悅的感受，薛明暌顯得情緒低落，原來離開四廢寶是這麼難受的事。

我想起包太陽提到的病症，「你患有分離焦慮症？」

薛明睽大方承認，「對啊……沒有貓咪們，我會呼吸困難。最新公布的元素表有 Cat，會跟 O2 或 H2O 一起進入紅血球，缺 Cat 和缺氧是一樣的意思。」

誰可以診斷他的貓奴癌症到第幾期了？

我故意捉他語病，「現在呼吸困難了？」

「現在有日畢先生在啊。」

「居然能在你心中和貓並駕齊驅？」

「這倒是沒有啦。」他立刻打臉，但瞧著我笑了笑，「你很努力往上爬啊，沒有第一，至少有機會進前七名。」

「聽起來排名很靠後，不想努力了。」

他嘟嘟囔囔地說：「爸爸、媽媽、白米飯、豪車、包太陽、梔子花，前六位無法變動啊，第七名也很厲害，怎麼就不想努力了……」

其實是在告訴我，雖然現在不是，但可以成為家人之外第一名重要的人。

我很開心，甚至有點得意忘形。

「你想過第七位會是你的誰嗎？朋友、知己或戀人。」

他愣了愣，神情有些困惑，「如果日畢先生成為第七位，你覺得會是什麼？」

戀人——險些脫口而出。

他似乎不是真的想聽我的答案，自顧自地繼續說了下去：「日畢先生不是貓奴，可能不會是知己，朋友有機會但要花時間……」

我等著他說完，但居然停在這裡了。

「戀人呢？」我哪能輕易放過他。

「我……」他握了握方向盤，「怎麼能在您的小老婆面前說這種事！」

「……出手開我的小老婆，還在意人倫道德？」

我和管家練就一身幹話能力，他想岔題也要看功力夠不夠。

「我也是有禮義廉恥的。」

「給你正宮的位置，沒道德問題了吧。」

「但你會變渣男耶，怎麼能背著我找小老婆？」

「你若是正宮，我就遣散後宮。」

「真是痴情啊，要是我有了白米飯當皇后，一定忍不住迎進貓咪佳麗三千，每天吸貓吸到中毒……」

他都覺得我痴情了，怎麼就不能再多想一步痴情的對象是誰。

「你們打情罵俏夠了沒啊？吵得我睡不著。」

車內竟然有第三者的聲音，如果不是靈異現象，怎麼能聽見應該在家裡的豪車的聲音？

我和薛明睒不約而同地瞧向後照鏡。成年男人坐在中間座位，一手端著讓貓變成人類的玄學寶物怪碗，這就是豪車現在能變成人形的原因。

薛明睒嚇得不輕，將車子暫停路邊，急忙追問：「豪車你怎麼……」

「大爺我想去哪裡就去哪裡。」

豪車漫不經心，不好好回話，修長的手指逗弄著提籠裡的小灰貓。

薛明睒父愛如山，哪捨得對自家孩子說重話，只能捶打胸口。

我說：「要不往好處想，兩天一夜你還有吸貓的機會。」

聞言，薛明睒緩緩綻放出水芙蓉般的笑容，「說得也是，等到梅園山谷，立刻對豪車實施吸貓肚肚一百下，小黴大戒！」

豪車滿臉嫌棄，「你對小懲的定義可以正常點。」

「那就殺雞儆猴，吸貓肚一百之外，擔任一晚人類抱枕。」

豪車討價還價，「改睡兩腿間。」

「成交。」薛明睒舒心了，重新踩油門出發。

薛明睒，你要是喜歡，我也可以毛遂自薦，考慮一下我啊……！

梅園山谷的旅遊旺季尚未到來，來此地的遊客不多。山裡中午時段的太陽毒辣了點，但還算涼爽，下車後在樹蔭下乘涼，偶有拂來幾道山間風，已達消暑之效。

李氏夫妻的民宿位置相對較高，雖然離主要賞梅區較遠，但眺望觀景位置反而更有優勢。我們帶上小灰貓和寵物用品進入民宿，櫃檯服務人員很快認出我們，通知他的老闆前來會面。

豪車一直站在我們身後，他顯得有點反常。薛明睽發現後，也只是摸摸豪車的頭。

雖然有些不甘，對於他們之間的羈絆我是怎麼都趕不上的，得學會放下無意義的角逐。

在接待室等候不久，李氏夫妻便現身了。快了幾步的李爺爺精神抖擻，聲音宏亮：「日圓最近貶值，你還好嗎？」

姓名內含希望孩子成長為「今日事今日畢」的大人，同時成為日本幣值的化身早已習慣。但富二代身分擺在這裡，其實會這麼揶揄的人不多，何況玩笑持續二十幾年也該淘汰了，久久不見的長輩才會這麼做。

「我很好，長期投資日幣不虧。」這種話題應答已經身經百戰。

薛明睽露出放心的神情，「看周圍都沒人這樣說，以為是禁忌的綽號才不敢提呢！」

我忍俊不禁，「試試看。」

他想了想，「這是我的日幣？啊，我不會玩限啦！」

「日畢先生也是。」

「嗯？」

——我也是你的。

太羞恥了，我怎麼好意思說出口？

為了岔開話題，我走向李爺爺，「謝謝您願意領養貓。」

李爺爺笑聲連連，「我們本來就想養貓貓狗狗，你們特地送來，連東西都準備不少，我們才該謝謝啊。」

「小貓在哪裡啊？」李奶奶問。

薛明睽向前提起提籠，掀開門籠的布，讓老人家瞧瞧灰貓。他們顯得高興，隔著一段距離和縮在角落的小灰貓相望。

雖有親近之意，但沒有過於熱情而引起小貓的恐慌。

李奶奶將提籠上的布蓋回去，「年紀這麼小就得面對陌生人和陌生環境，會害怕的。」

這分體貼頗得薛明睽的好感，「牠一定能察覺您的關愛，你們會相處得很好。」

李奶奶呵呵笑道：「牠能快快樂樂生活，我們就開心囉。」

站在不遠處的豪車觀察一陣子，忽然開口說話：「你們敢保證會好好養牠一輩子嗎？」

「我們年紀也大了，或許會比牠早走呢。」李爺爺拍拍胸脯，「有生之年都會盡力。」

豪車盯著李爺爺，不知道這段沉默能解讀出什麼，好半晌才挪開視線，「人類光會說，我會看著你的。」

薛明睽拍了下豪車的腦袋瓜，「你這樣太沒禮貌了！」

李爺爺擺擺手，笑道：「沒事沒事，你們開車也累了吧，不如先休息一下。房間是寵物友善空間，可以將貓放出來，我先把小貓的用品搬去牠的房間吧。」

「啊，我來幫忙！」薛明睽趕忙跟上。

我們陸續將車裡的寵物用品放到專屬套房。東西尚不齊全，但規劃出的貓跳臺動線已經完善，只差一些等著擺放到位置上的客製家具。

「這個貓房也太棒了……」薛明睽興奮地抓著我的衣服，到處指出那些我注意不到的細節，「日畢先生你看。怕小貓受傷，地板有高低差的地方都放了墊子，還有桌子邊角都磨成圓弧狀。牆壁的休息檯還用了霧玻璃，我們可以知道牠在哪裡，貓也不會感受到人的視線，還有……」

有人看出細節，李爺爺甚是欣慰，「年輕時養貓沒能打造一間貓房，現在要迎接小貓當然要做了，花了不少時間呢。」

我訝然道：「您自己做的？」

「沒有沒有，跟設計師聊了不少才規劃出來的，何況年紀大了，只能請人動工啦。」要是年輕點，打算自己做木工的意思嗎？我有點意外兩位老人家對新到來的灰貓如此熱情。

豪車踮腳看著貓跳臺動線，從起點看到終點，似乎頗有興趣。

李爺爺見他如此，問道：「如何？還行嗎？」

豪車淡淡地回答：「還行。」

「看你多擔心小貓。」李爺爺呵呵笑，「如果你想看著小貓，我們兩老也不介意你留下來陪我們啊。」

豪車瞧眼沉浸在貓房無法自拔的薛明睽，「我有自己的家。」

「那就歡迎你常來梅園山谷看看小貓啦。」

李爺爺居然伸手摸豪車的頭髮。我沒看過豪車被薛明睽以外的人摸，尤其豪車個性火暴，就算被惹火數次我也不曾碰他，他不會抓傷李爺爺吧？

我打算前去阻止悲劇發生，但看到豪車沒有生氣，只是被摸了幾下便躲開。

薛明睽再次為豪車的行為道歉。也不至於說是豪車的問題，如果知道他是貓，反而會覺得態度算是破天荒的友善了。

李爺爺說：「不知道是不是跟貓相處久了，人也很像貓，反倒覺得有趣呢。」

領養人是和善且寬和的人，研究過如何迎接新成員，薛明睽應該能安心了吧。

我觀察他的反應，他的嘴角沒垂下來過，抱著寵物用品向李爺爺請教擺放位置，順道和老人家聊聊怎麼照顧貓咪。

這趟遠門有我想多跟他相處的私心，但他能打自心底愉快更重要。

我能做的就是付出勞力了，聽著兩人對話，偶爾瞧眼薛明睽的臉，將東西一一搬進房內，不知何時變回貓咪的豪車跳到我頭頂，跟著我進進出出。

李奶奶瞧見這模樣，不禁失笑，「這是日畢養的貓嗎？」

「是薛明睽養的。」我說。

「真可愛，牠也很黏你吧。」

一條尾巴狠狠甩上我的臉來表達抗議。

「哈哈，聽得懂人話呢，真神奇。不止人跟貓待久了像貓咪，貓也像人了呢！」

您要是知道這隻賓士貓就是那個沒禮貌的豪車會更驚訝。我思忖。

「你們什麼時候感情這麼好了？」

薛明睽也過來摸摸豪車，隨即被貓掌拍開。看似不高興的行為，尾巴卻是輕輕晃了晃。

我記得尾巴甩的力道和方式有不同解讀方式，看來豪車應該心情不錯，難道是坐頭頂很愉悅嗎？

我沒好氣，「坐哪都好，偏偏坐我頭上。」

「雖然是想當老大才坐你頭上，但也是喜歡你才這樣。」

聞言，貓尾巴又甩了我一臉。

「……貓的喜歡真是惡霸。」

我拔起豪車，和賓士貓大眼瞪小眼，但也拿他沒辦法，將他掛在肩膀上。

「頭髮亂了啊。」

薛明睽突然踮腳伸手靠近，我知道他要替我整理，可是這投懷送抱的姿勢讓人頭暈目眩。

我將手背到後頭，避免做出失禮的行為。

「好啦。」他整理完頭髮，朝我笑笑，絲毫不知置身危險。

唉，何時才可以不管這些，圈住他的腰擁抱他？

小灰貓的領養事宜基本上告一段落，將灰貓放到貓房熟悉環境，變回貓的豪車也暫住裡頭，窩在懶骨頭上。來到陌生環境的小貓探索一段時間後便會跑到豪車旁邊蹭蹭，豪車愛理不理，意思意思舔了幾下，小貓這才滿意，重新出發探險。

貓房裝有攝影機，薛明睽黏在螢幕前激動了好一陣子，樂此不疲。

我感覺很久沒跟薛明睽講話了，試圖跟上他的情緒，「豪車是在照顧小貓嗎？」

「對啊！豪車雖然平時霸道又凶巴巴的，其實本性很溫柔……」薛明睽頓了頓，語氣忽地和緩，情緒也不那麼高漲了，「好像沒跟你說過，豪車也是被丟在我家門前，已經是第三次被棄養……他一直很擔心被棄養的小貓，才會偷偷跟來，不知道會不會讓他想起過去的事……」

「你會成為第四次嗎？」

「當然不會！」

「不管過去怎樣，他也說有自己的家，不會再被棄養，所以有餘力擔心相同經歷的同胞。」我輕敲他的腦袋瓜，「何況你看他像在意過去嗎？」

薛明睽想了想，認真地點點頭，「我應該要為我家孩子的體貼、懂事、勇敢和努力感到驕傲，而不是擔心對吧！」

……有這麼多優點可以驕傲嗎？

我蹲到他身旁，不敢直視他的臉，只好看著貓房，問：「那有為我驕傲的地方嗎？」

「咦？」

「為什麼要驚訝？」難道是不值得驕傲嗎？

薛明睽急忙否認，「問得太突然了，嗯……能認識日畢先生就很值得驕傲了啊，很好相處又有趣，明明是有錢人卻沒什麼架子，奇奇怪怪的言行也很好玩，我偶爾會跟朋友炫耀耶。」

「怎麼形容成奇珍異獸？」

「不得不說真的有一點像！」

……我怎麼能期待他對我的想法會有一點曖昧呢？

「何況——」薛明睽起身拉筋，「跟朋友炫耀日畢先生多麼帥氣性感、體貼溫柔、會謙虛會反省這種話，他們會誤會吧。」

我心頭跳得厲害，拉住他的手，「誤會什麼？」

薛明睽笑了起來，「誤會我在炫耀戀人吧。」

「你要是願意，可以不是誤會。」

「什麼……」

我牽住他的手，深吸一口氣，起身面對他，「我喜歡你，想成為你驕傲的戀人、能炫耀的對象。」

薛明睽怔愣，臉蛋慢慢竄起紅暈，顯然這次終於聽懂我的告白真意。

他說話結結巴巴，「我、我沒有……戀愛過……也沒、沒想過這些……抱歉……」

光是他沒有怯步，拒絕也並非完全無意，我便感到萬分欣喜。

我鄭重地向他請求：「可以給我機會表現嗎？」

薛明睽沒有立刻回答，而是思考了下，同樣鄭重地頷首，「嗯，好。」

不是告白成功，可是得到這句話比什麼都開心，我沒想過這次就能成功，但他願意給機會代表他從今往後會用不同的角度看待我。

我有些得寸進尺，想再多獲得一些回應。

「在告白後，你會對我反感嗎？」

「不會，那個……」薛明睽臉紅得像要燒起來似的，「我很高興你喜歡我啊……」

為什麼不說既定公式「很高興有人喜歡我」，而是說「很高興我喜歡他」？他這點無意識的小惡魔讓人很痴狂啊。

我抓著他的手掩住自己的雙眼，「受不了，你真的好可愛。」

「好歹說是帥氣啊……」薛明睽沒好氣。

哪次不依了，我笑著改口說：「那就你真的好帥氣。」

「被揶揄了應該不是錯覺？」

「嗯，不是。」

他彈了我的額頭後轉身離開，走幾步後回頭瞪我，「還不跟上，被告白也是錯覺對吧？」

我勾起唇角，起身跟上，「需要再告白幾次，讓你別誤會嗎？」

「不用！」他急忙拒絕，臉蛋仍紅通通的，「我……太不適應這種氣氛了啦！」

「我都告白兩次了，以為你適應良好。」

「兩次？第一次是哪時？」

我不想讓他誤會或介懷，便不想說清楚，「你這次知道就好了。」

「可是你鼓起勇氣告白，我居然這麼失禮……」薛明睽頗懊惱。

我有些訝異他這麼在意，那段期間原本有種唱獨角戲的悲涼感，現在都煙消雲散了。

「你現在知道我的心意就夠了。」我向他伸出手，「可以和你牽手嗎？」

薛明睽愣了愣，笑著將手疊到我的手心，「剛才都直接牽了，現在才問嗎？」

做一夜好夢，起床敞開窗戶，陽光灑落室內，山間清爽涼風拂過臉頰，任誰都能稱讚一聲令人心曠神怡的早晨。如果我臉皮厚一點、形象豪放不羈一點，可能會忍不住朝外頭喊喔嗨喲（早安）。

我闔上窗戶，望向依舊清冷的雙人床。有錢人哪會出不起兩間雙人床的房費呢？美夢裡都沒能同床共枕，現實就更別想了。

沒有關係，我可是獲得追求權的男人。

光是回想昨日種種，忍不住嘴角上揚。

我愉悅地洗漱打理，確保比昨日更帥氣後才走出房間。敲敲薛明睽的房門但沒有回應，來到餐廳才發現坐在餐桌打盹的薛明睽，賓士貓則窩在椅子上假寐。

自助餐已經準備好了，但桌面沒有食物，也沒有用餐過的樣子。

該不會是在等我吧？我想敲醒選衣服選了十五分鐘的自己。

我輕輕搖醒他，「要不你再回去睡一下？」

「唔……早啊……」薛明睽揉揉眼，笑得傻乎乎的，「今天回程你開車喔，我要車上睡覺……」

這是睡迷糊還是精明啊，賴皮的模樣真惹人心癢。

「不只我開車，還幫你拿早餐。」

我拿餐盤在自助餐區左右張望，這是一場對薛明睽喜好了解的考驗，但我平時只看過他料理人貓共食餐點，煮一餐人貓一起吃，分不清這是父愛還是食物偏好。

中西式都拿總沒錯，反正我都能吃。一盤橫掃中式，一盤橫掃西式，正要回去時注意到餐桌多了一名女人。長相漂亮、身材窈窕，拿著手機和豪車自拍，身旁放著行李箱，似乎是今天才到來的住客。

我端著早餐過去，兩人已經聊得熱絡，薛明睽向我介紹：「啊，這是我的朋友日畢，這位是淼淼，她也是貓奴！」

這個國家遲早淪陷為貓奴之國，怎麼到哪裡都是貓奴？

他們兩個聊了起來，一個聊自己的貓，一個聊四廢寶和人貓共食小吃店。貓奴相見歡這種事屢見不鮮，跟媽媽們大談育兒經是一樣情況，我很能包容的。

「原來還有這種寵物友善餐廳啊，店在哪裡？有機會我也想去。」淼淼翻出地圖請薛明睽輸入地址。

「也可以帶貓過來。我家白米飯和包太陽親人親貓，說不定可以交交朋友。」

淼淼搜尋店家資訊和評價，「評價不算多，但去過的人都滿喜歡的，你可以多多宣傳啊。」

「現在也還可以，順其自然就好啦。」

薛明睽不太在意，或許跟他一人開店有關，那間小店能容納的客流量有限。

「這樣啊——」淼淼翻看評價一會，忽地起身在桌子四周走來走去，最後停在豪車旁邊，裝上自拍棒，「來拍一張吧！」

薛明睽性格隨性，直接比起手勢。但他穿著寬鬆衣領的睡衣，從淼淼拍照角度可見領口鬆垮若隱若現，更顯得曖昧。

我將外套披在他身上。

「幹嘛這樣？」薛明睽不解。

他居然不懂我的苦心，一氣之下將袖子繞過脖頸打了個結。

「拍照囉！一、二、三——」

淼淼直接倒數計時。薛明睽放棄疑問，朝鏡頭彎起唇角。不過淼淼拍了一張不滿足，一連拍許多張不同角度。

豪車受不了吵鬧，跳到我頭頂不停用尾巴甩我的臉。貓奴淼淼多少意會到貓主子的意思，收起自拍棒，向豪車呈上真摯的歉意——肉泥條。

貓尾巴不甩了，舔了舔肉泥。

淼淼恭敬詢問：「敢問奴才能再拍一張主子的尊容嗎？」

豪車微微抬眼瞧她，繼續舔肉泥。

「天啊！這是我的榮幸，謝主隆恩！」淼淼再次拿出手機拍照。

「豪車是成熟的貓咪了……懂得交際了呢……」薛明睽居然還激動得眼眶泛淚。

他們為什麼知道貓在表達什麼？成熟的貓咪是要懂得賄賂嗎？我看豪車這公貓就是喜歡美女才沒擺臉色吧！

我繼續默默吃早餐，默默吐槽。

這趟旅行原本就是為了送養灰貓，我們沒有安排行程。現在是淡季無法賞花，悠悠哉哉地在山谷散步，吃了頓午飯，便準備開車回家。

薛明睽和李爺爺交換連絡方式，有任何疑問都可以找他。

李奶奶再三交待司機的我，「快點下山吧，山裡起霧，路上要慢慢開啊。」離別場面拖拖拉拉，豪車不耐煩喊道：「奴才，上車。」

薛明睽敵不過孩子催促，再次向老人家告別後上車。我向他們點頭致意，接著關上窗戶駛離梅園山谷。

豪車直接仰躺後座，神情放鬆許多，看來他在民宿仍是相當不自在。

我問道：「離開地盤讓他很警戒？」

「對啊，所以才會待在你頭上。」

豪車第一時間否定，「閉嘴，大爺愛在哪裡就在哪裡。」

薛明睽笑嘻嘻的，「明明日畢先生有給你安全感啊——」

「煩死了，整車都是兩個笨蛋發情的荷爾蒙，開窗啊！」

「哪、哪有發情啊！豪車你蛋蛋都沒了哪會知道！」

「我是蛋蛋沒了，鼻子還在好嗎！你現在散發味道要勾引誰啊！」

「哪有味道啊！也沒有要勾引誰！」

「懶得管你找誰交配了，現在要跟旁邊奴才交配都隨你。」

「你……」

「我要睡覺了，不要吵！」

有機會的話，我想出一本《人貓如何吵架》紀實刊物，什麼神奇的對話。

不過有點意外啊，豪車似乎不太反對我和薛明睽在一起了。

吵得臉紅的薛明睽湊近冷氣風口，「豪車亂說，日畢先生不要放在心上啊。」

我故意問：「亂說是指你想勾引我？」

「……連你也要捉弄我。」薛明睽鼓起腮幫子瞪我一眼，撇頭看向窗外，「不用特地勾引喜歡我的人。」

「嗯，不用特地。」

薛明睽將臉埋進我的外套，「啊啊啊，我真的不能開這種玩笑，太害羞了。」

「這種曖昧的對話讓我心動。」

「呃啊……我快燒起來了，日畢先生放過我吧……」薛明睽繼續悶在外套裡頭求饒。

他是得了情話過敏症嗎？我忍俊不禁，「不鬧你了，睡吧。」

「不需要我陪你說說話嗎？這樣開車會無聊吧？」

「無聊我會看看你解悶。」

「我睡了！」

差不多玩夠本了，我這次沒打算繼續鬧他，轉開廣播放低音量，車裡不至於安靜無聲，但也不會吵到睡不著。

或許是突然有時間思考，不禁回憶起歸國後的種種。一場自己也不知道怎麼回事的一見鍾情，有了第一次打工經驗，和四隻貓咪吵吵鬧鬧，為了變得更好而反省，願意面對不思進取的自己……這些在就學生活不曾有過的經歷都很有意義。

我會變得更優秀的。我默默向他承諾。

「這樣睡不熱嗎？」我小心翼翼地將蓋住薛明睽臉部的外套拉下來。

他已經熟睡了，就算睡著還是掛著淺淺的笑容。

我想，無論這場戀愛成功與否，我都會慶幸喜歡過這個人吧。

Love Battle V.S. Cats

第 7 章

CHAP 7 TER

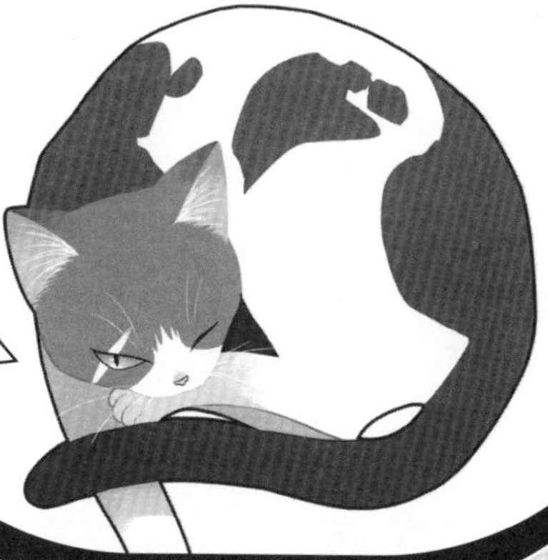

結束兩天一夜回來上班。因為不願面對工作，希望時間倒回兩天前，產生了上班症候群。

我坐在辦公室閉眼發呆十五分鐘，告訴自己世界是殘酷的，只是自己沒看見，迴避不了的殘酷只能勇敢面對。

要成為優秀的人就要勇敢面對現實。

得過且過的態度容易使人墮落，得改變心態才行。

既然擔任這個職位，就好好盡責。

我重新睜眼，看向辦公桌上整理好的交接文件，這些惡補文件只能讓我不會一問三不知，但缺乏許多細節。

現在沒有什麼問題，但要是出事，我能做出正確判斷嗎？仰賴一個人是很危險的，不能只靠專業經理人，他是我的輔助，我才是決策者。

我詢問管家：「整理這疊交接文件的原始資料，給我看看吧。」

「少爺肯認真了？」管家略感訝異，「莫不是兩天一夜把人吃乾抹淨，想著要當爸了才有責任心……」

「槽點太多，懶得理你，快去拿過來。」

「太好了，果然吃乾抹淨是吐槽點呢。」管家安心地拍拍胸口，出辦公室拿資料。

管家三天兩頭提醒我上班工作，但管家沒事不會逼我，讓他這麼做的肯定是我的家人，他的反應或多或少影射家人的看法。

因我的不負責任和漫不經心，許多人都在包容我的任性。

我感到羞愧，下定決心至少對這份職責盡力而為。

不多時，管家用推車將一大疊紙本資料和紙箱推進辦公室，不知道的人還以為本公司已經有上百年歷史。

除了資料，紙箱內還放著一些商品，有些許犬隻用品，但多半是貓糧。

管家解釋：「這是公司的十大熱銷商品，多半也是長銷商品。」

「貓糧很有名？」

「成分和品質不錯，有幾個網紅推薦過，消費者很忠實。」

「公司會做哪些廣告宣傳？」

管家抽出資料海其中一疊文件遞給我。我概略翻閱，宣傳方式普普通通，沒有驚豔的地方便成為熱銷商品，應是商品本身值得回購。

「這幾個項目都是薛先生把關過的。」管家說。

因為薛明睒不曾提過，我差點忘記這件事，「看起來他在公司做得很好啊，為什麼辭職了？難道是待遇不好？」

「我也不清楚。」管家聳聳肩。

「你們不是感情不錯嗎？不能打聽這種事？」

管家輕咳一聲，「少爺請自重。我和薛先生是貓奴之友，不像少爺一樣心懷鬼胎。」要他像朋友一樣聊聊私事，怎麼就被講得如此不堪？算了，管家本來就是不聊心事的類型，活該只有工作沒朋友。

我揮揮手趕走他，自己慢慢看起資料。

下班時間一到，管家準時敲了敲辦公室的門，我這才回過神來。

許久沒有研究資料到進入心流了，比起閱讀別人整理的文件，還是自己整理脈絡更有成就感且記憶深刻。

我沒打算埋頭苦讀到傷害身體，對我來說還有其他同等重要的事情，一天二十四小時總不能都在工作。我拿起公事包出了辦公室，瞧見管家和美女祕書正在說話，管家接下什麼東西後放進口袋。

我忍到搭電梯下樓時才問出口：「你在勾搭我的祕書。」

管家推了下眼鏡，「我們沒有情感糾葛。她約我開房，考量近期身體壓力指數偏高，欣然答應而已。」

我險些被空氣噎到，這種厚顏無恥的話竟然說得如此流利。

我問道：「職場戀愛有風險吧，不尷尬？」

「這是試圖職場戀愛失敗的前輩的建言嗎？」

真是一句話都不服輸。

管家朝旁邊嘆息：「少爺不用擔心，我們當砲友一年有餘，期間她還交了男朋友。」

「……是我無知了。」

「沒關係。」

既然知道他有約會，我叫他不用準備晚餐。反正有他在也只會揶揄我追求薛明睽，我去薛明睽的店裡點餐更自在。

管家瞧眼時間，接納我的好意鬆開領帶，是連管家狀態都下班的意思。

「今晚不會回去，少爺記得鎖門。」

「直接不回家？你下班得太徹底了。」

「需要多點紓壓時間。」

「閉嘴，滾遠點。」

我坐上駕駛座直接駛離現場，回家途中越想越煩躁。

這分憤怒絕對不是嫉妒，我對現在的純愛模式很滿足，所以不是嫉妒，是對管家的垃圾行徑感到憤慨而已。

不對，我和薛明睽看過彼此穿著褲子勃起的樣子，不是多純愛的相處模式，所以沒必

貓咪戀愛戰爭

要在意管家的夜生活。

……用黃色廢料腦袋追求太猥瑣了。

我揮揮一腦子烏煙瘴氣才下車，定睛一瞧還以為開錯地方。

為什麼薛明睽的店人滿為患？

以往最多是店內客滿的程度，現在店外還有排隊隊伍。

從店門口進去不方便，所幸之前打工時得知後門盆栽下放有鑰匙。繞到後門時發現包太陽和豪車都在後院待著，兩隻貓坐在門前望著天空發呆。

我邊找鑰匙邊問：「你們在這裡幹嘛？」

包太陽喵叫一聲，但我聽不懂，而豪車沒打算理會我。

不說就算了，隨口問問還當我認真了？

我掏到鑰匙後開門，沒想到包太陽一溜煙跑進屋內，豪車又跳到我頭頂，貓掌在毛髮踏了踏才跳下來。

玄關墊就在門口，非得把我當墊子嗎？

我問道：「你們幹嘛不進屋？」

豪車回頭看我一眼後跑到樓上，似乎有點不高興，但沒有像以前一樣直接發脾氣，我猜應該是錯覺而已。

包太陽悄悄湊近前臺，但店內一陣喧嘩嚇得他弓起身子，在走廊走來走去幾回後也跑到樓上了。

四廢寶一向怪裡怪氣，我又不是貓奴，讀不懂他們想幹嘛，反正有問題薛明睽第一時間就會發現，不用我管了吧。

相較此事，我更在意客流量暴增的事情，店內滿座但沒上菜的桌次仍然很多，外頭排隊的人見狀也直接離開了。

我進到廚房搭話：「我幫你。」

劈頭一句嚇了薛明睽一跳，他不知已忙碌多久，整個人汗如雨下，還有點虛脫的樣子。我倒水讓他先補充水分。

「怎麼這麼多人？」我問道。

他喝了整整五百毫升後才回答：「記得民宿遇到的淼淼嗎？聽說她是知名網紅，在SNS替我的店宣傳，加上大家很好奇『人貓共食』是什麼……」

確實滿少以人貓共食為賣點的店家，一般人就算不清楚但有機會便會想來嘗試看看。不過餐點調味清淡，不是美食佳肴，一直以來都是仰賴特定客群支持。

這情況應是短期熱潮，臨時請工讀生三個月，不請人又忙到吐血，兩種都讓人困擾吧。

我提議道：「我調派管家過來幫你吧，反正我工作也有其他祕書。」

「怎麼行？不能麻煩你們……」薛明睽立刻拒絕，「大概撐過這幾天就好了吧。我有告示人手不足，做不來的時候就會去請他們改日再來。」

「但你忙到要喘不過氣了，為什麼不讓我或管家幫忙？之前不是願意讓我打工嗎？」

「之前你沒有工作，但現在有啊，清奧先生也會跟你一起上班。大家工作一天都很累，不能讓你們負擔我的問題。」

看來我還是沒達到能讓他願意添麻煩的人選中啊。

我心裡微嘆，「至少讓我今天幫忙吧，要是你昏倒才更麻煩。」

薛明睽欲言又止，但最終還是點頭同意了。

既然他吃這一套，之後都用這個藉口來幫忙。我脫下外套，捲起袖子。

我找到淼淼的宣傳貼文，不是在部落格業配，而是在SNS生活隨筆記錄，其中入住梅園山谷民宿的合拍照片提到。

「認識了可愛的熟男店長。他開了一間『人貓共食小吃店』，聽說是人和貓可以一起吃的餐點，有機會我一定要去看看。大家有去過嗎？」

底下有許多回覆。

「淼淼一說我就去了！聽說有四隻店貓還有帥哥美女，可惜這次都沒能看到啊！」

「是不是沒料到這麼多客人啊？居然只有店長一人，看排隊人潮猜根本做不來就走了。」

「最近突然好多人，我比較喜歡之前悠哉的感覺，白米飯都不出來了……」

「連貓都沒有，餐點也普普，沒感覺到特色耶。」

「我有看到一隻包青天貓咪閃過員工入口！一定是被人潮嚇到了啦！」

「可愛的熟男店長累到快掛了，快請人啊！」

「我有看到照片另外那個男的，一身名牌居然是打工仔，霸道總裁下凡體驗民間疾苦？」

「被戴著勞力士之手端過的餐點特別香。」

看完貼文留言可見宣傳效果很好，但薛明睽根本沒準備，反而拉低店家評價。加上這幾日有我幫忙，店面經營形象反而變質。

就算這陣子是短期熱潮，負評也會影響後續經營。

沒料到會幫倒忙啊……我懊惱地摘下手錶，拿掉領帶夾，看看領帶覺得不行也摘了，襯衫的話……

管家在我解開第一顆鈕釦時開口阻止：「少爺，感謝您在下班時才發作，但還是先聊聊煩惱再做傻事好嗎？」

我說：「有什麼辦法遮掩我這身貴氣？」

「嗯……」管家有禮貌地朝旁邊作嘔，輕咳兩聲，「一天少洗澡兩次就可以了。」

「不可能。」一天至少要洗澡三次。

管家笑而不語。

我催促他：「你也看到薛明睽最近忙得不可開交，想想辦法。」

「從施家忠誠員工的角度來說，薛先生的店關門大吉有助於我們把他找回公司。從私交角度來說，少爺可以幫忙提出可行方案，助他度過此劫。」

「我提出後，要你幫忙你會幫？」

「嗯，最近看不到貓貓，壓力無從排解。」

「你紓壓方式還真不少。」

「少爺可以試試。」

損友，居然要我墮落。

「其實我認為回公司上班薛先生會輕鬆些，少爺也不會忍心讓他勞累。」

說得沒錯。我是妄想過跟薛明睽總裁部下職場戀愛，但妄想留在幻想世界就好，既不忍心他勞累，又哪裡忍心看他因店面倒閉而神傷。

我說：「我會正正當當詢問他是否要復職，但不會讓這件事變成次要選擇。」

管家笑了笑，點頭同意。

我派管家代替我去店裡幫忙，自己留在公司擬定解決方向。有幾條路可以選擇，但最終得考慮薛明睽對店面發展的看法才能決定。

有了幾項初步想法，打算先找薛明睽聊聊再說。

瞧眼桌上的勞力士手錶，已經結束營業一段時間。管家留言兩次問我吃不吃晚餐，但我一直沒回覆，最後他叫我自己微波加熱。

我留訊息給薛明睽：「有事找你，我自己從後門進去。」

接著拿上一瓶能量飲料下班，再次從薛家後門進入。

營業結束的一樓只剩樓梯口一盞小夜燈，屋內格外安靜。明明以往會有四廢寶發出各種噪音，說起來這陣子沒怎麼看到他們。

「薛明睽？」我喊了聲，然而沒有回應。

我走上二樓找人。客廳開著燈，薛明睽靠著沙發睡著了，手裡拿著吃到一半的三明治。

賓士貓豪車坐在桌子凝視著他，不知道在想什麼。

我輕輕拍了拍薛明睽，睡得太熟沒醒來，想了想彎身抱他回房睡覺。

居然累到晚餐吃一半就睡著的程度，不能再這樣下去了，明天一早跟他聊聊吧。

關上房門時，豪車來到我前方轉了轉，示意我跟著他走。

「不是能變成人嗎？為什麼不直接說？」

豪車沒有反應，也不作聲，逕自走進客房。

不懂貓星人的我很困擾，只能提出各種猜測，「還沒吃飯嗎？幫你們放飯？客房有什麼東西……」

豪車站在客房門口，遙望床鋪，上頭躺著蜷縮一團的橘貓。梔子花貼著橘貓，包太陽則不斷繞著他們焦慮地走來走去，見我出現，朝我發出細碎的哀叫。

雖然不知道他們的意思，但一定有問題。

「白米飯怎麼了？」

我急忙過去查看，肚腹仍有呼吸起伏。我摸了摸他的後頸，祖母綠的眼眸望了我一眼又闔上。棉被沾染一片口水，嘴角黏著黑稠異物，平時乾乾淨淨的毛髮也變得黏黏的。

「有誰可以變成人類跟我說明一下？豪車？」

豪車拖著一口碗過來，那不是讓他們變成人類的寶物怪碗嗎？明明怎樣都不會見底，現在已經乾涸了，這就是他們沒辦法變成人類的原因嗎？

看來他們無法回答問題，不管怎樣先帶白米飯就醫。

🐾

夜間獸醫診所不多，開車二十分鐘才找到一家。醫生初步觸診應是口內發炎，口水黏稠、口腔牙齦紅腫，因為疼痛而食欲減退，活動力也大幅降低。

「這麼嚴重，他們都不求救？」我這幾天也在店裡，他們不曾找我。

「貓本來就很會忍痛，所以發現不對勁時就要馬上就醫。」

「……了解。」

應該在察覺異常時就詢問薛明睽的，不然小傢伙也不會受苦多日。思及此，心裡有點愧疚。

獸醫先做緊急消炎處理，打算和我細聊治療細節。因為口內炎無法根治，醫治方向也得多方嘗試。

我阻止獸醫繼續說下去，「我不是他的飼主，等飼主在時再說吧。」

考慮到薛明睽仍在熟睡，還得承受驚慌失措，不如先將白米飯送醫再通知他，所以我剛才沒有叫醒薛明睽，而是留紙條告知情況。

醫生說：「不然我先開消炎藥，無論如何這陣子都先以減輕疼痛為主。」

我點頭同意。

「那麻煩您等一會。」

我將提籠放到候診區，瞧瞧裡頭的白米飯。或許是處理過，橘貓的精神好了些許，朝我眨了眨眼睛，無聲地微微張嘴，像是道謝似的。

我笑了聲，「小胖子，我聽不懂。」

——聽不懂。

沒想到那個怪碗突然失靈，無法理解四廢寶的情況。

這才是正常的，本來貓就不會變成人類，不會直接說「我不舒服」，任何有養寵物的飼主都要懂得判斷。

沒有愛的話，想必察覺不到的吧。

薛明睽絕對不是不愛他們，這意味著他最近忙到疏於照顧四廢寶，除了跟他聊聊解決方案之外，也得勸說關店休息幾日調整狀態。

我闔眼梳理這些突發狀況，安靜的獸醫診所忽地響起風鈴聲，有人急匆匆地進來，旋及聽到熟悉的聲音。

「——白米飯呢？」

薛明睽抓住我的手，臉色蒼白，焦急害怕得紅了眼眶，「日畢先生！白米飯怎麼樣了！」

「他沒事，在這裡。」我指向旁邊的提籠。

他蹲身查看籠內的橘貓，後者喵叫一聲作為應答。

確認橘貓安然無恙，薛明睽脫力癱坐在地，靠著提籠哽咽，「對不起、對不起……我又讓你難過了……」

「薛、薛明睽……」我不知所措，遲疑地拍撫他的後背，「抱歉，我應該早點報平安。」

或許是這聲安慰讓他破防，在眼眶打滾的淚水落了下來。

我看得心慌意亂，蹲下抱住他。

他埋在我懷裡，帶著顫音道歉：「對不起……真的……對不起……」

自責至深甚至有點過頭，似乎是這件事引起舊傷。

我不知道怎麼勸慰，說什麼都像是徒勞，只能聽著哭聲，默默地陪伴他。

「白米飯的主人，可以拿藥……」

護理師走到櫃檯，被在地板跪著互擁的兩個男人驚訝到忘記要說什麼，與我四目相交。我聽懂他要說什麼，他則點頭了解後將藥放在櫃檯。

原地待命是怎樣，倒是避開啊！

薛明睽稍稍推開我，擦去眼淚，「好像在叫我……」

罷了，哭出來就好，不要過於沉浸負面情緒。

薛明睽仍雙腿發軟。我攙扶著他走過去，趁他沒看見，和不看場合的護理師乾瞪眼，這世界所有人都在阻止我談戀愛。

護理師忽視我的視線，說：「給白米飯開了七天份抗生素，吃完後要複診喔！也要記得和醫生討論口炎治療，總共兩千三。」

「好的，謝謝。」薛明睽付帳後接過藥袋。

兩千三百元是什麼單位？為了研究「人貓共食店」聘請工讀生的費用，我知道兩千三百元是兩天左右的薪水。一隻貓生病一次就得花兩天薪水，七天後還要再付兩天薪水的醫藥費，要是四廢寶一起生病直接負債……

腦內換算薛明睽為了養四廢寶的消費，恍恍惚惚地走出診所。

打工過才知勞健保的重要性啊。

「日畢先生——」

薛明睽的聲音喚醒了我，他走到前方鄭重向我道謝：「謝謝你察覺白米飯的異常，及時帶他送醫，該怎麼感謝你才好……」

「別這樣。」

或許這是提及店裡運營情況的時機，我順勢說：「既然有這個問題，你應該也知道自己忙不過來，甚至店家評價越來越差。我希望你先關門幾日休養，想想怎麼做，別讓我擔心就是感謝我的方式了。」

薛明睽羞愧地敲打自己的腦袋，「對不起，我以為工作這種事撐過去就好了，卻粗心忘了開店的初衷……」

「為什麼會開店？」

這也是我想知道的，為什麼會從「寵友」離職？為什麼會離職後開店？

薛明睽頓了頓，抱起提籠和橘貓四眼相望，慢慢眨了一次眼睛，「貓咪慢慢向你眨眼睛是在說愛你的意思，自從有白米飯，他常常對我這樣子。」

「白米飯很喜歡你。」

他忽然一聲自嘲的笑聲，「每天工作早出晚歸，他都會這麼說愛我，但我都不知道，因為只在意自己好累，離職後才發現這件事。」

他說得有點激動，自責之意溢於言表，深呼吸一口氣，「有天回家發現他倒地不起，吞食異物險些喪命，一想到可能失去他簡直要瘋了。原因是平日工作太晚，懶得收拾垃圾的關係。我知道離職的理由有點誇張，所以沒講清楚……我為了別人的貓工作多年，卻忘了愛我的貓……我要生活，也要陪伴我的貓，所以才有了這間店。」

或許世界上有許多人願意為了寵物改變人生，實際案例站在我面前，他和四廢寶之間的感情遠比想像的還要深厚。

除了敬佩之外，也為這分羈絆感到羨慕、感到嚮往。

「真羨慕他們能被你愛著。」

薛明睽面色微赧，「哪有，是他們不嫌棄……」

「我也會努力付出真心。」

說完忽然有點後悔，會不會太沉重啊？這輩子沒追過人，怎麼拿捏真是難題。男人的嘴，騙人的鬼。比起嘴巴說說，實際行動才是正理。

我問道：「既然如此，現在店面情況應不是你樂見的對嗎？」

薛明睽頷首，「我想說撐過一陣子就好了……」

「你可能沒看網路評價，不如放棄這波宣傳，直接稱病休息幾日。」我的筆記放在薛明睽家，只能口頭表達，組織了會脈絡繼續說：「如果一人經營是擔心貓變成人類的事情露餡，你可以好好教育四隻貓不能隨心所欲，他們本來就不會在客人面前變成人類，代表知道不能引起騷動。先好好教育他們，接著至少請一位兼職員工，能讓你好好輪班休息。」

「再者，一天翻桌率有限，你應該弄清楚能接待多少客人，就不會讓那麼多人空等。這次不只錯過好心人無償廣告的機會，甚至還演變成災難，你不能一直認為自己的店沒什麼特別，隨波逐流，要好好想想如何堅守初衷和拿捏跟現實的平衡。還有……」

一鼓作氣說出幾項要點，我忽然意識到語氣生硬，一副把自己當大股東干涉經營的做派，一定很惹人生厭吧。

「怎麼不說了？」他望著我點頭，虛心受教的樣子。

要不是他的表情誠懇，這句話可謂殺氣騰騰。

即便他不介意，我也得為失禮言行道歉，「我只是提出建議，不是干涉，是我的語氣失當。」

薛明睽感嘆道：「日畢先生這分內省的修養真的好厲害，是怎麼做到的？」

你不知道我寡言下的內心有多聒噪，你講一句我能自說自話十句。

能說得這麼直白嗎?當然不行。

「多跟自己的心對話。」

換句話說，我沒說謊。

薛明睽認同了這句話，「每天都要給自己一些時間，什麼都不做也很重要，我想是同樣道理吧。」

他把內心戲豐富越講越高尚，我越聽越慚愧只好轉移話題，剛好一直很在意他訴說初衷時輕描淡寫帶過的主因，「對了，你前公司很賣肝？」

薛明睽撓撓臉頰，「跟前東家的兒子聊這些有點尷尬，希望你別太在意。公司草創階段比較混亂才會這樣，離職時好多了，只是……我已經下定決心。」

原來如此，以為現在也是如此……不對。

「你怎麼知道我的身分？」

「你沒有隱瞞的意思吧？那時你離職的情況有點奇怪，又覺得姓施很巧，一查就查到了。」薛明睽搜尋施氏集團新聞，「你看，還有施家二子日畢即將接手『寵友』的消息。」

大哥，說好的注重網路安全，避免綁票呢？之前沒露餡多虧薛明睽對我沒有半點興趣……也不是多值得慶幸的事。

「喵——」白米飯在籠子裡翻身走動，引起我們的注意，又扒抓幾下門。

「啊，他大概餓了，趕緊回家餵他吃飯吧。」薛明睽將籠子交給我，「我騎機車來的，再麻煩你送白米飯好嗎？」

好啊，哪次不好了。

四廢寶裡面我也比較偏愛可愛的胖子，他身體無恙就好，載他兜風又有什麼難事。

我接過提籠，叮囑一句「小心騎車」後暫時分開。

走了一段路時，薛明睽忽然喊了我一聲：「日畢先生！」

我回首應聲，見他坐在機車上，雖有路燈仍看不清楚表情，他似乎還未想好說什麼，慢了數秒才繼續說：「謝謝你的真心。」

「人貓共食小吃店」老闆因病休養，暫停營業四日，實際上是在照顧白米飯的口炎症狀。橘貓在恢復活力後被帶去檢查牙齒，經歷後口拔牙躺了半天。

再次營業時，網紅廣告效果減退許多，店裡恢復往常恬淡氛圍。

四廢寶們重出江湖，撒嬌賣萌、耍廢耍蠢、網美擺拍、橫行霸道各司其職。那口寶物碗不再是空的，每日會多一點水，但四廢寶們仍沒有變成人類。

薛明睽對此輕描淡寫，不太在意，「不知道為什麼耶。可是本來貓變成人就很奇怪，現在不行也跟以前差不多，或許哪天又可以了啊。」

這幾日因公事出差法國，只能透過通訊軟體跟薛明睽聊聊幾句，不知是否有所隱瞞，回家再觀察看看。

除此之外，來店客人少了許多，幾位常客過了數日才回流，紛紛表示鬆了口氣。

「這間店跟店長一樣慵懶才正常啊！」

「待在懶懶散散的店很療癒，前陣子剝奪我的假日充電祕境，天都要塌了！」

薛明睽聽到這種緣由，百思不得其解，「營業時我都很認真上班啊，他們怎麼還覺得我懶散啊？」

回想第一次見到他時，那慵懶的模樣也是莫名吸引我的注意。

如果這個世界有ＡＢＯ，可以合理解釋是遇到命中之人。唉，也罷，就算沒有ＡＢＯ，這個世界本來就有上千萬件不合理的事情，不差這次的一見鍾情。

我回溯過往對話，對於這陣子進展感到滿足。之前當員工時多半是噓寒問暖和工作內容，現在什麼都能聊，文字對談顯得親暱許多，偶爾還有點撒嬌的感覺。

心神蕩漾到開始得意忘形，需要踩踩剎車，我抬首詢問接機駕駛中的管家：「我和薛明睽有點戲應該不是錯覺？」

「不妨直接問薛先生如何？」

「不能才問你。」

「有戲會怎麼樣？」

我想了想，「我會很高興，你會多一個服侍的人。」

「沒戲會怎樣？」

我臉色凝重，「我得用工作忘記痛苦。」

「我嘴上說有戲，心裡祈禱一切都是少爺的幻想，用少爺的痛苦換來公司ＧＤＰ成長很值得。」

說這麼有違雇主意願的話，好歹有點心虛或不安，竟然仍駕駛得穩如泰山。

跟管家對話果然能澆熄熱情，有助於恢復平常心，但副作用是得忍住痛打他一頓的衝動，相較來說還是划算。

回到家下車時，我已經壓制住妄想病發，能用健康心態面對喜歡的人。

這時已結束營業，但尚未關起鐵門，好險仍有時間見見他。

我拿上巧克力伴手禮，這次沒有走後門。當店門風鈴的聲音響起，便能看見薛明睽探出頭來，雖然只是單純查看來客，仍有一絲甜蜜感。

「日畢先生！歡迎回來！」薛明睽小跑步過來。

他竟然拿出這麼多福利，體內的得意忘形之力已經大聲咆嘯，唯恐壓制不住反噬。

雖然心裡已經萬馬奔騰，仍盡力維持紳士禮節，遞出巧克力送他。

「咦？今天是情人節嗎？」

他誤會了，怎麼辦？好可愛，怎麼辦？

薛明睽自行意會到誤解，耳朵泛紅，「太丟臉了，抱歉……居然以為是情人節巧克力……」

其實這可以是朋友間的玩笑，大可不用害羞，可是如此羞恥反而讓我產生他收到男友巧克力的錯覺。

我繼續往錯誤方向前進，笑說：「情人節快樂，你願意收下本命巧克力？」

薛明睽按住巧克力盒，既不抽走也不放手，「太狡猾了啊！接也不是，不接也不是啊！」

「為什麼不接？」

「因為我還沒喜歡上日畢先生啊！」

數日不見，精神攻擊依舊優秀。

「既然不喜歡，為什麼要接？」

「因為想要喜歡上日畢先生，不想錯過啊。」

是不是又是得意忘形產生的幻聽？請問是薛明睽口中說出來的嗎？他會不會是在說不想錯過這盒巧克力？

「日畢先生？」

我想相信卻沒有自信，「我感覺不太現實，這是真的嗎？這話是說……」

他忽然捧住我的臉，踮腳親吻我的臉頰。

事發突然，腦子一片空白。他的眼眸倒映著我痴傻的模樣，我卻沒有心思顧及形象。

他臉蛋通紅，這次沒有因為害羞而避開我的視線，小聲地說：「我的意思是，對日畢先生有一點心動，希望你再加油……就這樣！」

這段話耗盡薛明睽的羞恥心，他拿走巧克力飛快離開。

我站在原地好半晌，不知如何將這分喜悅傳達給全世界。

Love Battle V.S. Cats

第8章

CHAPTER 8

從好吃懶做海歸仔、打工仔，到空降部隊CEO的人生經歷，上輩子積德不少才能活得如此自在，如果再揮霍福分下去，下輩子可能得當乞丐了。

以上是本週抵抗賴床，收斂厭倦上班之心的嶄新模式，汰舊換新才能維持新鮮感。

最近倒不是難以招架賴床行為，而是一起床就想往鄰居家跑，心如小鹿，行如禽獸，耗費不少毅力才能乖乖上班。

真的不能怪我，回憶薛明睽那段告白，四捨五入後已經是喜歡我的意思了，且讓我多飄幾天享受甜蜜的果實。

可惜有偷懶的念頭，部下也不會讓我得逞。

管家第一個不饒人，「花痴病發要幾天才會好轉？看來需要請教醫生了。」

「可能得直接退休。」

管家做出一疊鈔票的手勢，開始預演排戲，「那麼我得準備一百萬，請薛先生離開我們少爺了。」

「我的心意只有一百萬嗎？連你的年薪都不到，像話嗎？」

「不然一百二十萬？」

「還是沒到你的年薪啊。」

「少爺四體不勤，怎麼能跟工薪族相比？」

「……都叫我少爺了，施家的名頭不響嗎？怎麼可以不算附加價值？」

「拿家主氣勢逼我改口，我哪能不從呢？」管家無奈嘆息，「兩千萬，可以了吧？不能再多了。」

他是欠打吧，為什麼個人價值還得跟他討價還價？

「好了，我認真工作可以了吧，真是辛苦你每天變花樣幫忙醒腦。」

管家恢復恭謹儀態，語調也畢恭畢敬，「不辛苦，管理少爺腦袋身心健康，包含不犯花痴在內，都是管家的職責。」

別說醒腦了，再聽他講話就要火上心頭，燒斷理智線。

我趕他出去，雙手抱胸看著桌上一疊文件，嘆了口氣，再度認命專心工作。

這些多半是前陣子部門季度會議報告後的文件匯整及簽核公文，記得犬貓糧商品銷售報表挺亮眼，不愧是公司主力部門，除了穩固客源，也在努力擴展版圖。

既然貓糧賣得不錯，不如我帶點探病禮給白米飯。

猶記上回管家拿了一箱熱銷產品，像這種非公司訂製紙箱都會被打掃阿姨放到個人儲物間，我翻出紙箱物品，只有四個貓罐頭和一袋貓乾糧。

白米飯得了口炎，口腔紅腫，吃硬的容易刮傷口腔，罐頭拿泥狀比較好，最後只有一個罐頭符合需求。

請管家拿一箱同口味的罐頭，再挑幾項貓喜歡的零食——既然有心要拿下繼父位置，討好廢寶們也是為了自己好。

管家抱著我吩咐的貓食回到辦公室，問：「少爺是想報公帳嗎？」

「可以嗎？」

「可以，CEO拿點無傷大雅的東西，就算是公器私用，我們也都能理解。」

「……那就拿我的錢付帳。」

我接過紙箱，察覺包裝有點不同，比對熱銷商品和手裡的罐頭，「換過包裝嗎？有找人重新設計過？」

管家聳聳肩，「不清楚，需要請部門主管說明嗎？」

一個樸實得有點可愛，一個符合現代潮流設計，但LOGO位置明顯，不會讓消費者誤會是新品牌，只是改頭換面也沒什麼。

我搖搖頭表示不需要。

眼見下班時間已至，乾脆拿上探病禮回家。

抱著紙箱來到店門前，落地窗前擺著貓跳臺，梔子花正優雅地躺在跳臺最上方俯瞰眾生，彷彿天生貴族般的雍容華貴，藍瞳白貓作為門面經常吸引幾個路過客人進來用餐。

梔子花瞧見了我，點點頭打招呼。

面對氣質非凡、儀態萬千的白貓，我總會想起兒時教導禮儀的老師。要是回應有失禮節，梔子花應該不會一個掌風過來物理糾正吧。

我推開店門，一如往常一句「歡迎光臨」人未到聲先至，大概是店長抽不開身迎客。

我主動走到候餐的窗臺前，低身向店家老闆打招呼。

「啊，日畢先生歡迎。我現在有點忙不過來，你先坐一下喔。」

薛明睽在溫度偏高的廚房熱得一臉紅，神似當時偷親臉頰的赧然，我繼續卡在狹小的窗臺前看著可人的畫面。

一隻橘貓跳到左側，一隻額心白圓的貓跳到右側，緊接著還有一隻踩踏我的背跳到頭上，老是往頭上跳的八成是賓士貓豪車。

窗臺不大，左右雙煞擠著我的臉。硬要把我擠開是吧？就算變不回人類，還是能用各種狡詐之計阻礙。我就是不離開，你們又能拿我如何。

雙煞乾脆原地母雞蹲，頭上那隻則是腳掌抓著我的頭髮坐下，軟軟的肚子墊在頭皮，尾巴左右晃動，徹底弄亂我的髮型。

薛明睽煮好一桌客人的餐點，回首看到三貓一人此景，掩嘴無聲叫喊，接著拿起手機瘋狂拍個不停。

我感覺頭皮有點疼，正要動作，突然四面八方傳來不約而同的一句話：「不要動！」

抓現行犯嗎？不只薛明睽，連客人都在拍照，背後客人的拍照角度是要拍我們三貓一人的臀部合照嗎？

眾怒難犯，無奈之餘只能維持姿勢。

我說：「薛明睽，如果我又讓店裡爆紅一次，記得付模特兒費用。」

「請不起這麼貴的模特兒怎麼辦？」他笑說。

我內心的氣氛凝重了。

他這麼問是不是要逼我眾目睽睽說出「肉身抵債」四個字？不對，作為純愛戰士不能這麼黃色，用「牽手一百，親臉頰三百，親嘴唇一千，都依你」來換句話說，聽起來浪漫點吧？

沒等我的回答，他繼續說：「也沒辦法，所以請讓我賴帳吧。」

……這也是純愛路線沒錯。

我拒絕繼續當免錢模特兒，頭扛賓士貓找座位坐下。白米飯和包太陽對我拿著的紙箱頗感興趣，貓掌不時扒抓紙箱。

以往他們會變成人類直接打開，或開口要我幫忙，現在則只剩肢體語言能溝通。

我好奇問：「你們還是沒辦法變成人類嗎？」

他們喵了一聲。聽不懂，總之是不行的意思吧。

我好奇目前寶物怪碗的狀態，向薛明睽請示上樓許可，他笑說：「都是進進出出的常客了，不用問我，隨意來吧。」

用法沒錯。只要聽者無意，誰也不能誤解我們的純愛。

等薛明睒營業結束聊會天，順便把探病禮給他吧。

我帶著紙箱一起上樓。

寶物碗被供奉在客廳書架上，小噴泉只剩涓涓細流，不是之前見到的乾涸狀態，細流落到碗裡，幾乎快裝滿了。

不知道四廢寶是不是以為要放飯，紛紛來到客廳圍著寶物打轉，不時發出叫聲，看起來像極正在舉行貓咪界迎飯儀式。

「你們的飯碗不是這個吧。」

我起身去找他們的餐碗，這時寶物突然噴濺出大量水花，灑落整間客廳，我也因此淋溼了大半。但奇怪的是，方才噴出的水珠漸漸回流到怪碗裡，當水花盡數回到怪碗後，噴泉開始正常運作了。

我怔愣在原處，差點忘記這是不正常的貓咪變人類的奇幻世界。習慣四廢寶變成人類，卻不習慣非科學的神祕怪碗。

此時，四廢寶一一變成了人類。赤身裸體的兩個小男孩、一個男人、一個女人，他們也有點緩不過神。

剛才的異常引來薛明睒上樓查看，他望著客廳發愣。

——我沒有開裸體趴，真的沒有。

薛明睽親暱地抱住白米飯，「哇——你們又可以兩隻腳走路了！」

包太陽晃了晃腦袋，撲到薛明睽身上，「本府也要抱抱！」

梔子花處變不驚，走出客廳穿上她的衣服，又回到角落坐下。

「怎麼回事？」薛明睽問。

豪車蹲下查看寶物後看向薛明睽，「你承諾卻食言，沒有照顧好我們，所以寶物失靈。但寶物發現你沒有變，所以又給了一次機會。」

薛明睽眼眶微溼，抱緊白米飯，「爸爸一定不會再疏忽了！爸爸愛你們！」

「爸爸！」白米飯蹭著他的臉頰。

「本府……也要！」包太陽跟著蹭另一邊。

豪車起身將寶物放回原位，冷聲嘲諷：「小鬼頭就是幼稚。」

白米飯氣得哈氣，「晃著雞雞走路才幼稚！我和包太陽都藏好好的！豪車最幼稚！」

豪車抓住我的手蓋住下體，「這樣遮一遮就不幼稚？不跟你這種連發情期都沒有過的小屁孩計較。」

……為什麼要拿我的手啊？我用力抽回手，脫下外套扔給他。

薛明睽心情愉悅，沒有干涉他們爭吵，傻父呵呵笑，「家裡又要吵吵鬧鬧了，也有客人問帥哥美女們去哪裡了呢。」

就算四廢寶陪伴在側，沒人陪他說話，或許還是有點孤單嗎？

我握住他的手，「我也……」

豪車用外套蓋住我的頭，「奴才，允許你求偶一陣子，別太得意了。」

等等，這件外套是剛才罩在下半身那件嗎？我揮開外套，可憐兮兮地靠上薛明睽肩膀，「我被豪車屢次性騷擾，你得教訓他。」

薛明睽拍撫我的後腦杓，輕聲道：「被貓咪性騷擾是很幸福的事喔！」

……說好的純愛路線，你不能拋棄我！

我心靈受創，坐在沙發瞪著四廢寶穿好衣服才肯消氣。

或許是一陣子沒變成人類，白米飯和包太陽興致高昂，爸爸得邊安撫過動兒，邊替他們穿衣服。

等穿好衣服，他們便吵著肚子餓壞了要吃東西，可是薛明睽得繼續營業，只好拜託我幫忙。就算我再生氣，也拒絕不了他的懇求啊。

「別生氣啦，下次又被豪車騷擾就叫他來騷擾我吧。」

要不是豪車是貓，別人還以為是要我把喜歡的人推給其他男人騷擾，這什麼NTR興趣。

我希望他能更重視我一點，抓著他的手靠在額頭，無奈道：「已經很吃醋你跟他那麼親密了，別欺負喜歡你的人。」

「啊……」薛明睽面紅耳赤，敲了敲腦袋，反握住我的手，「我、我沒想到……對不起，我想著豪車是貓的關係沒有在意這些……那個，我喜歡貓，但談戀愛的對象還是人類，日畢先生你才是人啊，所以不要誤會了好嗎？」

這幾乎是告白了吧，我迷得頭暈轉向，只懂得點頭如搗蒜。

薛明睽鬆開手，退了幾步到客廳門口，「那餵飯任務就拜託日畢先生了喔！謝謝！」語畢便跑下樓繼續營業。

撩完就跑是不是太過分？我摀著臉蹲下。

豪車側躺在地上，打了個哈欠，「他都沒碰到你，你就一副要高潮的樣子。放在我幾年前流浪到處交配留種那時，你這孬種公貓別想開葷。」

「……沒蛋就別話當年。」真是氣人。

「浪貓沒結紮容易被抓去閹，現在不交配也沒差，反正我也玩夠了。」豪車踢了我一腳，「快去放飯，肚子餓了。」

他們就算變成人類也不能自己去拿食物，偷吃會被薛明睽懲罰，我不能破壞薛家規矩。

既然帶了貓糧，不如就近取用，我拿出四個罐頭問豪車：「你們吃過這個嗎？」

一聽到放飯的聲音，白米飯飛快湊近，「沒有耶，但這個圖案好像有喔！」他指的是罐頭上的公司ＬＯＧＯ。

豪車說：「自從奴才開店後，我們很少吃外食。」

這樣我還能替他們弄外食嗎？可是我不會煮貓飯。常看薛明睽拿雞胸肉或魚肉搗來搗去，同樣食材變出各種花樣，但不代表我能做到。

豪車擺擺手，再次下令：「罐頭也沒差，不是沒吃過。快點，很餓。」

如果他是人類，真是適合擔任CEO。瞧這命令人的架勢和態度，以後威嚴不足時我就這麼效仿。

開罐頭的聲音引來四廢寶的注意，紛紛跑到我附近。他們不習慣以人類形態吃飯，變回貓咪坐在餐碗前。

四對大眼睛盯著我不放，莫名覺得好笑。我揉了揉白米飯的腦袋瓜，第一個端給他，「這是給你的探病禮，別再生病了。」

橘貓朝我瞇眼叫了一聲。

「知道就好。」

不對，我不知道他在說什麼啊，為什麼會這麼回應？

毛骨悚然。我飛快開完剩下三罐，坐在離他們遠遠的沙發，搜尋網路流傳的貓奴診測，測完結果才鬆了口氣。

剛才聽懂貓星語一定只是湊巧而已。

離結束營業時間剩下半小時，吃飽的四廢寶各據一地舔毛洗澡，在安靜的客廳內足足舔了二十分鐘才結束。

……我居然看著他們舔毛舔了二十分鐘嗎？

白米飯和包太陽躺在地上拉筋，拉到一半還用貓掌刺激對方，用最低消耗的方式吵架；梔子花到高處躺著假寐；豪車則在貓跳臺和書架上走來走去。

直到薛明睽上樓，我才回過神，驚覺又看了他們不明所以的行為二十分鐘。

薛明睽聽完我的詭異行為，笑個不停，「日畢先生也喜歡這四個孩子才會這樣。」

……可以說我喜歡貓，但別說我喜歡四廢寶啊。

薛明睽問：「對了，請你幫忙餵飯，忘記把飯給你，他們吃了嗎？」

我將罐頭遞給他，「買公司的。」

「『寵友』的啊，那應該可以……換包裝了嗎？」

薛明睽翻看罐頭，仔細閱讀上頭文字，臉色忽然凝重許多。

我有些緊張，「有問題？」

薛明睽將罐頭丟到垃圾桶，憤怒之意溢於言表，張口欲言，但最後只是掩著雙眼坐到我旁邊，「你才剛上任……我不能遷怒……」

我重新拿了一個罐頭查看。我沒有動物相關營養知識，判讀不出原因，只知道一定是成分出問題，「既然我是老闆，就是我的錯，老實跟我說吧。」

薛明睽深呼吸幾回，情緒平復許多，這才開口跟我說話：「價格和標語跟以前一樣，成分卻標示不詳，這樣隱瞞一定有什麼問題。消費者不知道給心愛的寵物吃了什麼是很可怕的事，甚至不知道根本是親自給寵物下毒。你可以找找看十年前的狗飼料新聞，就會知道為什麼我這麼生氣。」

接著他找出手機通訊錄，傳給我一個連絡人。

「這是負責之前貓罐頭成分的營養師。客人信任我的把關，竟然被愚蠢的人利用。日畢先生，拜託你查清楚來龍去脈，糾正不正之風。」

十年前，一家販售犬糧的品牌橫空出世。到處都是廣告宣傳，販售通路遍布各大超商、超市，甚至連獸醫院都經常推薦，許多養狗人家都吃這家牌子。然而過了數個月，許多狗不約而同診斷出腎臟問題，甚至年齡未至卻病死。幾名獸醫覺得相同病例過多，經多方比對後懷疑是這家犬糧有問題，其成分標示不明，實際查驗才知內含有危害動物健康的成分。

我找出薛明睽提及的事件，心頭一涼。

為了提高銷量的做法屢見不鮮，然而為了斂財而枉顧生命，到底有多少戶人家受害？因為信任品牌才購買，竟被人心利益所害。

昨日我只是餵一次給四廢寶，要是他們天天吃……我是沒多喜歡他們，但絕對無法接受他們因此殞命。

公司的貓罐頭同樣成分標示不清，不知其中搞什麼鬼才重新設計包裝，想必和利益脫不了關係。或許不只有貓罐頭，難保其他產品也是如此。

事態嚴重到危害公司信譽，不能不查清楚。

我叫上管家，「把十年內所有資料，財務、公關、銷售……反正都拿來，你也來幫我。」

管家知曉情況，沒有第二句話前去搜集，所幸他為了協助我交接做了許多準備，半天時間便將資料分門別類整理出來。

正要埋頭研究前，忽然想到一個問題，抬首問管家：「話說你這麼效忠施家，要是決策者是施家人，我們害了你喜歡的貓，你會怎麼做？」

管家一頓，「道不同不相為謀，我能力這麼優秀，不愁找不到工作。」

他這麼說反倒讓我安心，「損失太多良將，還得撥亂反正。」

「少爺……」

「不用替少爺我的成長感動。」

「我是想問，你一個海歸子女怎麼會記得這麼多成語？是不是平時都在唐人街，其實英文很差？」

「閉嘴吧。」

有了頭緒後，掌握事情脈絡不會太難，但容易陷入為了符合自己思路而拼湊證據的盲點。我初入江湖經驗不足，難保不會誤判真相，故細細翻看資料，配合管家之前提供的交接文件，單就資料呈現的客觀事實推斷，未包含個人意見。

貓糧、犬糧等長銷產品一直挺穩定，就算更改包裝設計也是大同小異。這些熱銷產品的販售量在四年前邁入穩定期，但從兩年前開始成本突然頻繁浮動，銷量和利潤也在同時期顯著提升，近半年成本沒有太多浮動，但相較四年前明顯降低了。

若是產品本身沒有變化，成本忽高忽低八成是廣告投放影響，撇除這段不穩定期，最近倒是能看出一點端倪——物價通膨，怎麼可能成本反而降低，可見產品本身有問題。

證實此事符合猜測，不知道是否已經在網路漸漸發酵？我搜尋關鍵字，結果不是很多，但已經出現質疑成分標示模糊的聲音，要大家借鏡十年前的毒糧事件。

不能等到事態嚴重再處理，至少我要先知道目前有疑慮的貓犬糧有什麼成分，可能導致何種問題，再做下一步打算。

我連絡上薛明睒介紹的營養師，初步說明原因後，和他約時間見面。掛斷電話後，想起他過去也是「寵友」員工，然而在薛明睒走後沒多久便跟著離開了。

我問道：「你那邊有一年前左右離職員工名單嗎？」

管家交上資料，「這幾個是薛先生在職時管理的部下，這幾個是生產部，還有……」

「他們很多是早期進來的員工，都在一年前一起離職。沒有一起跳槽到其他公司，應該不是挖角，或許是發生令他們憤怒的事情才導致的。」

我心裡有所猜測，只能盡力撇除主觀想法。

我找出交接員工，以及接任薛明睽主管職位的人——施慶醫。

看到姓氏便感到頭大，但我不認識，「施慶醫是誰？遠房親戚嗎？」

管家也一臉茫然，打電話給大哥的祕書才知一二。

「關係很複雜，恕我省略，總之是某個親戚的私生子。」

如果告訴薛明睽，他八成又會瞠目結舌地說：**「再次感受到日畢先生是財閥集團子女啊。」**

心裡模模糊糊的猜測，漸漸拼湊成完整的故事。新上任的主管想要做出足以贏過前任的優秀實績，以此證明自己的能力，仰仗施家人的名號發號施令，獨排眾議做出改版產品，無能為力又憤怒的一票老資歷員工因而離職。

無論故事內容是否屬實，至少產品成分有疑慮這點不容質疑，相關決策人士需要為此負責。薛明睽等人認真做出成績，讓消費者相信「寵友」，沒想到在離開後，竟有利欲薰心之輩藉他的成績獲得己利，這種人不可再留。

我叫祕書進來，告知她：「去通知人力資源部，立刻資遣施慶醫。照正常程序走，無論如何，他不可再做出任何決策。」

在祕書離開後，管家笑問：「沒有懲戒嗎？」

「品管不會只是一個人的問題，要他為此負責太過頭。或許別家公司認同這種績效，但我不認同，既然是價值觀衝突，那他就該離開我管理的公司。」

「少爺，我已經錄下來了。」

「……幹嘛錄音？」

「給大少爺聽啊，他一定對少爺浪子回頭感動到不行。」

我搶走他的手機，刪掉錄音檔。

「還有需要詢問的人。」

管家立刻猜到目標，「專業經理人，許一曜嗎？」

「大哥無暇管理這麼多公司，或許認為更換包裝只是小事便忽略，授權給了許一曜代為執行。」

考慮到專業經理人的地位，管家想了想，「我親自去接他過來吧。」

「好。」

正好需要時間整理思緒。我靠在椅背上思考這件事該怎麼解決，撇除拿掉相關人士的職權，該怎麼收拾善後？

請營養師確定產品成分後公開，如有危害之虞便回收商品。此事勢必一定程度打擊根基，就當作歸還不義之財吧。為了恢復公司信譽，需要保證成分完整公開，另外請營養師撰寫犬貓每日所需營養介紹和成分辨讀教學，同時也能替公司宣傳。

歷經數年，成本價格也得相應提升，但不能同時進行，得等消費者重新信任公司後再做此決定。品牌價值越高越能提高客戶忠誠度，屆時就算跑掉一些客源也不會損失太重。

可惡的大哥，沒空管理公司好歹也注意一些，現在還得我來收拾爛攤子。忍不住傳訊息給大哥抱怨，還沒等訊息傳出去，辦公室門外傳來管家的聲音。

「少爺，許先生來了。」

「進來吧。」

許一曜在其他家公司開會，管家知會後便直接在會議室門外堵人。雖然會議結束時已經過了下班時間，但這次只能幾分強硬執行，把帶人回公司。

許一曜沒等我說話，便先開口：「發生什麼緊急事件了嗎？竟然嚴重到讓您反常加班處理，是否有我失察的地方？」

語調恭謹也不能帶過他搶話頭和言辭間隱約的傲慢。管家能這樣做是我們有交情，竟敢嘲諷我準時下班，他怎麼有這個臉呢？

管家擅長嘲諷，笑說：「許先生不知道，能者之人都是高效率執行工作，便能準時下班。如果是別人不擅掌控會議時間導致加班，不在此列。」

許一曜一頓，莞爾點頭：「田先生說得是。」

我同情你，更同情我自己，因為管家平時就這麼毒舌。殺人誅心，我的管家。

既然有人替我嘴，就不生氣了。

回到原題，我遞出改版的貓罐頭，「不知許先生怎麼看待利潤提高，品質降低這件事？」

許一曜拿起貓罐頭查看，或許是藉此延長思考時間。我也不急著催促，待他整理完思緒回應。

「『寵友』累積相當程度的名氣和口碑，但始終沒辦法突破。為了擴大宣傳，增加營業收入，在可控範圍降低些許品質，我認為無傷大雅。」

想像之中的答覆，我繼續問：「成分換成什麼？」

「次級肉的比例提高，更換其他較為便宜的原料廠商。」

「還有呢？」

「……詳細資訊得查看成分表，我並未背起來。」

「這樣啊，裡面該不會有毒吧？」

「不，沒有這回事。」

「應該有不定期查驗原料吧，檢驗報告如何？」

「倉皇趕來找您，未準備妥善資料，無法提供詳細數據……」

我也覺得自己有點強人所難，「算了，之後我會找人處理，這不是找你的用意。」

許一曜面容下的不滿隱約洩露而出，語氣有些激動，「這項決策讓公司提高營收，或許是有對不起消費者的地方，但實施至今都很穩定，不會有什麼問題，我們心自問沒有做錯，請您明鑑。」

「我沒有要懲處你的意思。」我斟了杯熱茶推到對面位置，「坐吧。」

許一曜依言坐下，但沒有端起茶杯。

「這些年你代為處理『寵友』業務，公司的未來跟著你的決策走，既然是施家授權，我們也要承擔代理人決策的結果。如果你只在意自己在職時的成效，枉顧公司永續發展的可能性，這不是我想要的專業經理人。」

許一曜要開口辯解，我抬手阻止他。

「我沒有要辭退你，但會給一段假期，讓你想清楚我為什麼推翻你的決策。我和你理念有衝突，接下來是我治理公司，我是不會退讓的，只能靠你妥協，所以去想清楚吧。」

話說得很死，沒有許一曜解釋的空間，因此他也沒有再爭論，起身微微鞠躬，「好的，謝謝您給予緩衝時間。」

如果不是看到他緊握的拳頭，我還以為是真心誠意道謝。看來他對我有諸多不滿，以為忍幾次就是軟柿子嗎？

「想清楚點的範圍，包括是否能繼續待在你看不起的空降部隊少爺身邊做事。」我倒掉那杯沒人喝的茶，坐回辦公椅上，擺擺手叫管家帶人出去。

許一曜出去後，我抬手做出作勢打人的手勢，管家正巧回頭瞧見。我們相望數秒，我放下尷尬的手，他燦笑如陽。

「你也可以出去了。」我冷漠地說。

「是時候回家替少爺準備晚餐了，今天要吃紅豆飯嗎？」

「為什麼又要紅豆飯……」

管家假意拭淚，「吾家少爺初長成……我先替大少爺、老爺和夫人代為感動……」

「吵死了，快要幹嘛就去幹嘛！」

「哈哈，少爺不一起走嗎？」管家已經替我決定，收拾公事包後替我拎著，「這分感動將會維持一晚上，請少爺珍惜。」

這位毒舌管家究竟為何這麼反常？出於這點好奇心，我也跟著一起下班。

今日睡得較晚，也沒有準時上班，原因有二。一則昨日工作忙碌，動腦太累，二則另有要事須處理的關係。

既然公司裁員，位置空了出來，還是部門主管層級的位置，不利公司正常運行，思來想去也就一個合適人選。

不是我故意睡得晚，而是那位合適人選就是睡得晚，我早起又有什麼用呢？

早上九點鐘，我賴在床上打滾半小時才肯起床，悠哉地梳洗換裝，拖到十點才下樓。身著圍裙的管家正在打掃環境，面無表情到令人害怕。已經過了一晚上，我不想招惹忍耐一晚沒吐槽的管家，避開他的視線出門。

我來到鄰居薛家，鐵捲門打開一半，意味著薛明睽已經醒來。我打電話請他開門，不久便見到抓著手機前來開門的家主。

薛明睽身穿睡衣，一頭亂髮，「怎麼有空過來？吃早餐了嗎？」

「還沒，有事找你，等你有空聊聊。」

「好啊。」薛明睽開燈進了廚房，問：「吐司夾蛋好嗎？」

「嗯，都可以。」

我找尋四廢寶的蹤影，先是優雅白貓出場，後頭是變成人類的豪車，手裡拎著兩隻貓。

偏心白米飯的我見不得他這麼對待橘貓，出手搶奪，「幹嘛虐待他們？」

豪車沒有掙扎，反而將橘貓扔給我，「小屁孩一早暴衝踩到我，欠揍。」

橘貓睜著水汪汪大眼，似乎在訴說不是故意的。

我拍拍橘貓的背，告訴他：「下次小心點，別踩到弱不禁風的貓。」

「你是不是皮在……」

豪車怒火中燒，揪住我的領口，忽然他的後頸被一隻手捏住，整個人像被掌握命門般無助。

薛明睽另一手端著早餐，皮笑肉不笑，「我是不是說過好幾次，就算發脾氣也不可以動手動腳啊？」

好帥，這是我喜歡的人。我偷偷朝豪車比一個勝利手勢。

與薛明睽一塊坐下用餐，對著拿著吐司的手拍照。就算全世界都不認同，也不能阻止我認定這是心上人為我做的早餐。

薛明睽咬了口吐司，露出滿意的笑容，「日畢先生找我有什麼事情啊？」

咳，差點忘了正事。

我放下容易使人分心的早餐，說明昨日調查和處理的結果，一方面是要讓他安心，另一方面是要鋪陳接下來的請求。

果不其然，薛明睽笑得開心，「太好了，我還擔心會不會太為難日畢先生。這麼有擔當又善良的男人成為老闆，大家一定很安心！」

是我失策，導致分心的不是早餐，是做早餐的人。

我掩住快失控上揚的嘴，「別亂誇。」

「哪有亂誇啊？日畢先生能這麼短時間找出問題和處理，不是很厲害的事情嗎？而且富有同理心，體諒別人的立場，沒有做出過分的懲處。」薛明睽說得興奮，眼睛閃亮亮，

「日畢先生年紀輕輕能做到這些，我真的很尊敬你，『寵友』的員工會很幸福的。」

我承受不住糖衣砲彈，耳根子都發燙了，撇開頭擋住他的目光，「請你饒過我吧……」

薛明睽愣了愣，噗哧笑了起來，「好啦好啦，不誇了，以後都不誇了。」

「倒不用這麼絕……」

他笑得更開心了。

我替自己的臉頰搧搧風散熱，輕咳兩聲，「我有要事找你……」

薛明睽重新咬起吐司，「如果是復職的話，恕我不能接受喔。」

你我心有靈犀一點通。

前陣子因為白米飯生病才情緒潰堤的景象歷歷在目，我也不認為他會同意復職。

「我想請你擔任顧問，回到你以前待的部門，協助處理成分疑慮事件。我會給你主管的權限，只要這件事處理完善就好。」

薛明睽怔愣，吐司都掉下來了，面色凝重幾分，喃喃自語：「我怎麼沒想過這種做法呢……還在想該怎麼幫忙日畢先生呢……」

這次換我忍俊不禁，「那就拜託你了。」

「好的，老闆。」薛明睽敬禮。

啊，這難道是我妄想過的「你也有這一天」的地位反轉情節？

那我就不客氣了。

不要你就不用來，但一叫你就要來，就是這麼霸道！

情趣不能玩得傷人，我還是委婉點表達吧。

我伸手揉揉他的亂髮，「不用天天來公司，有必要我會叫你。」

薛明睽抱起不斷湊近早餐的白米飯，來回蹭著橘貓的頭，「日畢先生怎麼這麼好啊！白米飯——爸爸好愛你喔！」

事實證明我不會調情。

還有，為什麼讚揚我之後是對四廢寶告白？正常流程不是應該對我告白嗎？

算了算了，他開心就好。

身兼「人貓共食店」店長和「寵友」顧問兩項職位，薛明睽沒有餘力兼顧，也擔心舊事重演，思量再三，公告未來三個月公休時間變成一三五，二四會去「寵友」上班，但若有急事他也會在家處理。

我不擔心薛明睽敷衍了事，只擔心一週七天都在工作會讓他太過勞累。他倒是不太在意，「剛進『寵友』時不止平日加班，假日也是，現在有很多休息時間，沒問題。」

他到底被操勞成什麼樣子啊……

我望著他此刻的模樣。面色紅潤，儀容乾淨整潔，不像平日那般慵懶，西裝剪裁樣式修飾身形，整個人顯得精明幹練。

太性感了吧……為什麼穿得這麼性感？可以拍照嗎？

薛明睽戴上臨時員工識別證，凝視牌子好一會，感慨道：「事過境遷啊……連臨時證都變得這麼漂亮？」

怎麼有種拋棄糟糠之妻的既視感，曾經共苦，卻無法共享如今的甘甜。

「如果你願意，隨時都可以復職。」

「那倒不用了。」薛明睽立刻拒絕。

這種強硬的態度倒是別有一番風味喔。

薛明睽環視四周，「就算重新裝潢過，部門位置也是大同小異呢。我之前在六樓上班，常常跑八樓找人……」

勾起舊憶，他邊走邊說起與現今的認知差異。雖然是讓他勞苦多年的工作，但聊起這些回憶倒是滿多笑容。

來到貓食品部門，我向大家介紹薛明睽，很快就有幾位舊識驚訝地走到面前。

「這不是離開公司後，又跟我們搶鮮食生意的貓店長嗎？老闆居然挖角成功了嗎？」

「薛明睽我好想你啊！」

「你一走，阿達、曉通、了了他們都走了……」

「這次不會走了吧！」

薛明睽不斷搖手，一個個解釋，表明他的身分只是臨時顧問。他拉起第一個跑來，言語間表露關係密切的員工。

「日畢先……老闆。」薛明睽臨時換了稱呼，繼續說：「這位是我以前的好伙伴，可以請他跟我合作嗎？有很多事由我處理不妥當，最好還是有正式員工協助。」

我瞧眼他的員工證，上面寫著「潘意汀」。

「好，這件事就交給你，定期跟我口頭報告進度即可。」

「好的，每天五點會找您報告。」

我莞爾頷首。

或許是我從未在員工辦公區出現，員工們相當在意我的存在，而無法繼續和薛明睽聊天。

有點遺憾不能繼續偷窺薛明睽啊。

離開前，我悄悄勾了勾他的手指，引起他回頭，我再次提醒：「五點，我等你。」

細數時間如何走過是一段煎熬的過程，我想自己是需要更多時間習慣令人心癢癢甜蜜蜜的職場戀愛。

雖然，職場戀愛的時間只有下班前半小時，其他時間根本看不到本尊。

雖然，就算想製造巧遇，也掌握不到到處奔波的本尊。

扛著被管家毒舌的壓力，請他多次提供薛明睽的行蹤，沒想到今天第一天上班就已經帶上潘意汀前往工廠了。

我知道工作時就該工作，看小說也會吐槽「只會談戀愛不用工作嗎」。

但不能這樣啊，我就想趁工作之餘瞧瞧幾眼而已，沒有要在茶水間、儲藏室、樓梯間製造「以為沒人看到，但其實監視器都看在眼裡」的事件啊。

管家受不了，抓起我的外套來回搧巴掌，「請少爺清醒點，非得要我這麼做才肯工作嗎？薛先生看到您這腦殘樣會心動嗎？想想他對您說的那句『日畢先生斯勾伊（好厲害）』吧！還不振作起來工作！大少爺殺了我的話，我也不會讓少爺苟活的！」

就算快抓狂也會拿捏好距離感，這就是管家的分寸。

真是害怕極了。

我最後瞧眼時鐘，痛苦地埋進工作中。

有事可做的情況下，反而意識不到時間流逝。直到下午四點五十分，管家滿意地收下最後一份簽核文件，立刻奔出辦公室。

好險今天有認真做事，那是要交到母公司的書面資料，管家得親自向大哥報告，或許得連同我的日常生活一起報告，大哥總是很關注我的飲食起居。

管家不能直說嗎？影響到他的工作，我會愧疚耶。

敲門聲響起。由於管家不在，這次是祕書小姐的聲音：「薛明睽先生找您。」

我稍作整理儀容，潤潤喉，「請他進來。」

薛明睽進來時畢恭畢敬，但在關上門之後，變回熟悉的慵懶模樣，「當上班族好累啊，還不能叫日畢先生……我可以解開領帶嗎？」

「你自在點，我也比較習慣。」

正正經經的服裝很棒，但偶爾就好，他喜歡更重要。

他微微仰首，拆下了領帶，解開第一顆鈕釦。

為何拆領帶也這麼性感……我不禁摸了摸人中，好險沒流鼻血。

「請老闆過目。」他交上一份書面報告，「等拿到新的成分表，會再請營養部門報告。另外關於原料廠商狀況，有請意汀找時間抽查檢驗。根據今天初步了解，羅列了接下來要做的整頓項目，首先……」

他一一說明今日進度，脈絡清晰沒有主觀想法。雖然要他口頭報告就好，但邊聽邊搭配書面的圖表資料能理解得更準確。

撇除私心，我很中意思路清晰、高效率又稱職的部下，忍不住再次詢問復職意願，隨即又為自己的失禮道歉。

「抱歉，沒有逼你的意思。只是放走優秀的人才，難免感到很遺憾。」

「你待我真誠，重視我的才能，我很感謝……」薛明睽不知想到什麼而沉默一陣，接著看向我，表情誠懇，「當初隨便應付離職理由，對不起。我無法復職的原因是我有了一間小店，每天和貓咪們相伴，我喜愛這樣的生活。」

他認認真真拒絕請求，就算我知道原因仍親自說明，感受得到這分尊重。

「好。」我走到他面前，親吻他的手背，「我也喜愛這樣過日子的你。」

薛明睽臉頰竄起紅暈，沒有抽回手，「日畢先生一言不合就告白……」

他沒有拒絕助長了我的勇氣，順勢與他十指交扣，「你呢？有沒有一言不合就回應告白的打算？」

「那、那個……我……我那……」

慌張失措的模樣，彷彿跟剛才精明能幹報告的不是同一個人。

見他好像快被烤熟了，這次就放過他吧。

「走吧，我載你回家。」我牽起他的手。

他用另一隻手掩著快冒煙的臉，隨我一起下班。

第 9 章

CHAPTER 9

事情是這樣的。

管家拿著我的工作成績單奔向大哥，兩人進行不為人知的密謀後，那天晚上管家烹煮極為營養豐盛的十全大補晚餐，搞得我那晚獨自一人熱血沸騰。

當時的我不知道，這頓十全大補不是用來讓我熱血沸騰，而是為了我的未來提前謝罪。

隔日接到大哥的視訊電話，對我噓寒問暖後，叫管家過來一起通話。以前鮮有這種情況，問他要幹嘛也不說，害我膽顫心驚。

管家捧著紙箱，讓我一時誤會他要離職。

我受不了打啞謎，再問一次：「到底怎麼回事？」

大哥笑容溫暖，「你成長的養分。」

我已經不會長高了。

紙箱內容物沒有當場公開，而是擇日揭露真相。

從那天開始我變得越來越忙，在大哥第三次將非「寵友」的業務工作甩給我時，我終於意識到成長的養分是什麼，但已經錯過最佳抗議時機。

自披露邪惡目的後，大哥每次都用「哥的健康檢查都出問題了，我的親弟弟啊……不能抽空幫忙一下嗎……大哥好累……」來情緒勒索。

情勒雖無恥但有用。

我好不容易有了職場戀愛的苗頭，生生被大哥拔掉。

薛明睽成為顧問這幾個月期間，原本能天天跟他一起上下班，結果我被押著出差三次總共一個半月。大哥生生拆散親弟姻緣，還不能抗議他的情勒。

在第三次出差回來，見不到薛明睽的第十天，養分不足到情緒失控，我直接拔掉SIM卡拒絕任何人連絡，直奔薛家按電鈴。

當門一開，我迫不及待擁抱了他，「我好想你……」

「蠢貨，我不是薛明睽。」

豪車的聲音。

我鬆開手，負手在後，試圖直接裝傻，「他在哪裡？」

「在你後面喔。」薛明睽的聲音落在背後。他提著滿滿的購物袋，一副看好戲的樣子，「日畢先生，歡迎回來啊。」

他這調皮的樣子真惹人心癢，既然裝不了傻乾脆重來一次，抱他滿懷，「我好想你。」

「這……怎麼一回來就吃我豆腐啊？」

薛明睽說歸說，手掌在我的背上拍了拍。我忍不住抱得更緊，靠在他的頸側，「我真的很想你。」

朝目標對象說出口後，莫名萌生一股委屈。

薛明睽撫摸我的頭髮，「工作辛苦了，我也很想日畢先生啊。」

有時只要這麼一句話，累積多日的壓力都釋放了。

豪車沒有禮貌地避開，反而繞著我們走來走去，「要交配了嗎？白米飯和包太陽沒看過，要給他們機會教育一下？」

我能做到左耳進右耳出，但薛明睽受不了了，動手搥打豪車的背。

「不看拉倒，上樓行了吧，你們別上樓交配。」豪車手插口袋，躲著拳頭跑到樓上。

我環視一樓店內，在這裡做是不是太刺激了……

「日畢先生不要想像啊！」薛明睽兩手拍向我的雙頰。

「對不起。」

「真的想像了啊！」薛明睽耳朵紅紅的，搥了我一下。

雖然感覺我們的關係親密許多，可是沒有他的同意，我仍是沒有這種權力的身分，於是再次道歉：「對不起，這種妄想太失禮了……」

「沒有，不是……」薛明睽急忙握住我的手，目光筆直地注視我，「不會失禮，只是讓我也有點、有點想像空間，覺得太……害羞的關係。」

他是想讓我就地正法嗎？這麼可愛是合法的嗎？這些日子沒看到這分可愛太悲傷了。

愛慕之人的暗示讓我萌生期待，「我一直想像著你親吻我，你有嗎？」

說著湊近他幾分，鼻翼蹭了蹭他，但沒有再更進一步。

他遲疑了會，閉上雙眼，雙唇貼上的瞬間我來不及反應過來，比較像一嘴撞上我的牙關。

薛明睽紅著臉摸上我的嘴唇，「抱、抱歉，會痛嗎？我不太會……」

「一起學習吧。」我拿下他的手，重新親吻他。

——我有交往對象了。

多麼想向任何人訴說這件事，然而做不到。

理由不是交往對象同為男性這件事，而是連說出來的機會都沒有。

一天二十四小時有十二小時被抓去工作，剩下四小時吃喝拉撒睡，所剩時間不多，難道要我在公司會議後冒出一句「啊，對了，我有戀人了」嗎？

為什麼不直接社交軟體公開貼文？這麼重要的消息，我想親口說出來炫耀啊。

管家？用膝蓋想都能猜到最後變成我和他的吐槽相聲，跟他炫耀這個沒意思。

家人的話，預計由我鄭重地向他們介紹，而非電話視訊等方式草草了事。

簡單來說，只是想找個朋友炫耀，緩解五臟六腑都在跳動的雀躍感，快樂過了頭也是會傷身的。

我撥打視訊電話，向薛明睽報告身體不適的前因後果。

「等我一下喔……」

他找地方擺好手機。畫面拉得比較遠，原來他正在處理生肉，手拿菜刀，砧板上堆著肉塊。

瞧，戀人之間視訊就是這麼 Real，信任彼此的情意才會毫不遮掩。

他拿著菜刀朝我揮揮手，「有看到嗎？」

問我有沒有看到可愛嗎？有。

我點點頭。

「你說要找人炫耀我啊？嗯……我幫你一下啊。」薛明睽放下菜刀，洗手之後拿著手機來到外場，朝店內兩組客人說：「這是我的男朋友！孩子們多了一個爸了！」

太突然了吧，他們會有什麼反應……

「天啊，這不是之前打工第一天，差點把菜倒到我頭上的那位富二代嗎？老闆你居然……老牛吃嫩草！」

這吐槽前後文對不上啊。

「恭喜老闆！我早知道他意圖不軌了，富二代體驗人生什麼的我才不信，實際上是家裡破產沒錢吃飯、被趕出家門沒地方住、求偶季節到了諸如此類，八成都是人類本能導致！恭喜老闆，揪出他的不軌意圖！」

這是恭喜嗎……好吧，就當是了。

「我也想當白米飯和包太陽的爸爸啊！啊，義父那種啦！」

「那我可以報名豪車的女朋友一號嗎？我男朋友想當二號。」

「允許謙卑的奴僕拍一張窗邊銀髮美女就好……」

「老闆哪天可以擺一張全家福在店裡啊。」

大概是熟客，調侃幾句後紛紛笑著道喜。薛明睽將鏡頭轉回自己，笑容滿面很是開心，「感覺好像變成我在炫耀耶，哈哈。」

「什麼東西？」

白米飯的一撮橘毛探出畫面，薛明睽低身讓兩人一起入鏡。白米飯猛地看見我嚇了一跳，嘴巴開開露出兩顆犬齒，因為口炎的關係，口腔仍有點紅腫。

我問道：「他的嘴巴還會痛嗎？」

「好很多了，沒繼續吃抗生素，改吃免疫抑制劑。消腫速度比較慢，但比較不會產生抗藥性。」薛明睽摸摸白米飯，「日畢先生對白米飯比較友善耶，是不是也覺得他很可愛啊？」

你比較可愛——太老套了，我自己知道就好。

「啊……我得繼續工作了，日畢先生晚上有空來吃飯嗎？」薛明睽問。

我瞧眼行事曆，下午三場會議結束後就沒事了，順利的話應該可以趕上晚餐時間。

「嗯，可以，有意外的話再提前通知你。」

「好喔，有想吃什麼可以傳訊息給我，那晚上見啦！」

結束視訊通話後，默默站在後面的管家，這時才開口：「好險少爺記得工作，不然就得打斷你儂我儂的氣氛，這是多麼令人不爽的額外工作，謝謝少爺體諒。」

「你有本事也去製造氣氛啊。」

「……跟少爺嗎？」管家滿臉驚悚。

「跟你的砲友、朋友誰都好，除我之外。」我整理領帶，愉悅哼聲，「少爺是名草有主的人。」

「少爺也是我的主人來著。」

「別混淆視聽，講得像你是情婦一樣。」

「事實如此，我就是在跟少爺同居，少爺一天放幾個屁拉幾次屎我都知道。」

「……講什麼都好，為什麼都是穢物？」

「洗澡水還是我放的，床還是我鋪的我暖的。」

「沒有暖床吧？」

「這確實是混淆視聽。」

我嘆了口氣，拍拍他的肩膀，「知道了，就算有戀人也不會冷落你。」

管家頷首，「這才像話。」

真是無言了。

我走出辦公室前往開會地點。管家隨侍在後，我越想越覺得管家八成打算拿這個哏玩一陣子，忍不住慢下幾步提醒他幾句。

「以後別在薛明睽面前演得像情婦。」

「我會乖乖在薛先生看不到的地方，只在少爺面前。」

「……我什麼都沒做，還能被你搞得像真的。」

瞧瞧，為什麼我不跟管家炫耀，完美驗證我的預想。

既然今天晚上能和薛明睽吃飯，我想和他相處更久一點，為此瘋狂轉動腦細胞，督促會議進行，一場兩場三場，預計六小時的會議狠狠壓縮到四小時完成。

雖然能提早下班，但有種疲於奔命的厭世感。

我仰望著公司大樓，意思是直到公司倒閉那天，我才能從使命中解脫。

CEO也是勞工的一員啊，也會不想上班啊。

進出的職員小聲對話著。

「你看老闆沉思的模樣，是不是在規劃公司未來藍圖啊？」

「雖然因為負面新聞股票跌了，但老闆有心做事，不怕漲不上去啊，先買起來了。」

CEO就算厭世也不能被看穿，我有做好這一點。

我繼續懷著厭世的心下班。

需要薛明睽治癒我疲憊的心靈，見一見、牽一牽、抱一抱、親一親，光是想像便感到幸福。

我加快回家的步伐。

來到「人貓共食小吃店」時，正處於晚餐時段，是薛明睽最忙碌的時候。落地窗內一覽無遺，店內客人用餐時神色自在，薛明睽忙前忙後，偶爾抱一抱貓，偶爾跟客人聊幾句，顯得神采奕奕樂在其中。

喜歡自己工作的人，會像我這樣動不動哀號太多太累嗎？想必是像薛明睽這樣吧。

一開始我也不想做CEO，出於責任感和家人的期望才繼續做下去，現在既不討厭，也不喜歡這份工作。

我突然感到迷茫，自己是否能繼續擔任「寵友」的職務。對這項事業沒有什麼企圖心，一年兩年還行，有辦法投入十年二十年嗎？

我沒有進入店內，也沒有回家，繞著社區晃了一圈來到薛家後院，看見後院圍牆趴著一隻貓，因為夜色看不清楚花色。

因為圍牆不算高，我連爬帶跳坐上圍牆。

「喵——」

原來是白米飯。

他沒有被打擾獨處而離開，蹭了蹭我的手。根據以往經驗，猜想是要我幫忙抓抓後頸。

我邊撓橘貓後頸，邊仰望城市夜色。

夏末的蟬聲此起彼落，告知這個炎熱的季節即將結束。不知不覺我也在這裡生活數個月，不長不短的時日雖無歷經波折，但也有了不少經歷。

或許是心情不好，需要一個傾吐的對象，此時不會說話的橘貓反而讓人鬆懈幾分，忍不住向他訴苦。

「來這裡時，我庸庸碌碌得過且過，現在似乎也差不多。正職工作不是我喜歡的，但我也沒什麼喜歡的工作。親戚朋友都在各行各業風生水起，樂於茁壯自己的公司或勢力，享受成就感，我覺得太累了，沒有這種念頭。應該要做點什麼，才對得起我擁有的一切吧，就算現在當ＣＥＯ，還是得過且過的狀態吧。這樣能到什麼時候？撐不住的那天，想必會對不起太多人……但至少我會努力收尾。」

這些話太厭世、太沒用了，我哪能跟其他人說？跟聽不懂的貓說剛剛好。

我摸摸他的腦袋瓜，「謝謝你啊，小傢伙在這裡回憶點滴，懂得品味生活甘苦。」

白米飯閃開我的手，縱身一跳回到後院，朝著庭院的長椅走去。長椅遮不住一個成年人的身影，不知薛明睽在那裡待多久了。

我也從圍牆下來，坐上長椅，瞧著這人腦袋瓜上的髮旋，「薛明睽，別躲了。」

他撓撓頭髮，乾笑著坐到我旁邊。

「……抱歉，讓你失望了。」

「咦……？」

他好像聽不懂我的意思。要向戀人明確指出自己多沒用，心裡有點難受。

薛明睽以雙手包覆我的手心，目光筆直地看著我，誠懇而溫和地說：「日畢先生，擅自認為我對你失望，已經是第二次了，但我從來沒有失望啊！沒有想做的事情，但也沒有對現在做的事情敷衍了事，我很喜歡，也很尊敬這樣的日畢先生！」

有一個人認可了我模稜兩可的人生——光是這一點，心裡酸酸澀澀的，眼裡泛出些許溼意。

他擦了擦我的眼角，抱起腳邊的白米飯。

「你看，貓咪吃得好睡得飽，日子過得簡單快樂，看著這樣的貓咪好像什麼都無所謂了。學貓咪一樣，吃一頓美食、睡一頓飽覺，讓明天可以多一點快樂，直到煩惱解決那天，回想起來還是有值得回憶的地方。」

「喵——」白米飯被抱得久，叫著要下來。

薛明睽將橘貓放到地板，後者飛快地跑回屋內。

我靠著他的身體，「待在這樣的你身邊，會有同樣效果。」

「不嫌棄的話讓我陪著你，讓你過得快樂。」

我心裡暖暖的，覺得以後就算煩惱不斷，還有一個人陪我，想讓我過得快樂。

現在我也想不到想做什麼，也不清楚未來會如何，至少成為一個讓薛明睽幸福的男人不是庸庸碌碌的志向。

突然，薛明睽攬住我的肩膀笑道：「為了讓日畢先生快樂得像嗑藥一樣，要跟我一起住嗎？」

我眉頭一挑，「同住一間嗎？」

我有機會脫離純愛系列了嗎？

「當然分開住啊。」

怎麼可以說「當然」！我想抱著他入睡，做點兒童不宜的事……

「好、好了！我該去餵孩子們了！」薛明睽從長椅蹦起來，一步步挪到後院門口，又喊了我一聲：「日畢先生！」

「嗯？」我還在安慰自己純愛也是愛的一種。

「那個，孩子們都在家裡不方便，找機會去外面吧。」語畢，他關上門。

我眨了眨眼，慢了幾拍進去找人問個究竟：「薛明睽，時間地點位置都要講清楚才能走！」

他正在處理貓飯，滿臉通紅，「孩子們都在的時候別問這些啊！」

包太陽啃著雞肉，「吵什麼都跟本府講，本府會斷案啊！」

剛才白米飯離得近，有聽到一二，「好像說我們在家不方便，要出門幹嘛。你們要去哪裡？為什麼不在家裡？」

兩個小朋友不知道意思，但豪車哪可能不知道。

「要交……」他一張嘴就被薛明睽用雞肉塞住了。他倒是沒有繼續說完，嘲諷道：「之前不怕我說，現在才害羞，矯情。」

梔子花拿走自己的碗，刁著碗裡的雞肉絲離開。

他們圍著鬧薛明睽，讓他無暇顧及我的問題。怎麼已經有了男友身分，還是面臨被冷落的下場啊？

然而如今的我已經不是以前的我，我有權力爭一爭。

我直接從背後抱住薛明睽，「得講清楚才放你走。」

他愣了愣，苦笑著倒在我懷裡，「我的日畢先生，我的男朋友，我的老公，不要跟著胡鬧，請陪我一起照顧孩子們吧。」

三連擊的殺傷力有多大，你體驗過心臟驟停幾拍就知道多可怕。

我心滿意足地放開他，整個人飄飄然。

薛明睽收拾完餐碗，在我眼前擺擺手，「日畢先生？」

我回過神，四廢寶已經各自去吃飯了，只剩下眼前的薛明睽。

他笑了起來，「男朋友？老公？喜歡哪個稱呼才變成傻瓜的？」

……天啊，這個小惡魔。

「傻瓜才選擇，全部都要。」

他笑得更開心了。

我可能是一見鍾情，可能是再見傾心，不論哪種聽來多荒謬都無所謂。

我喜歡他的笑容，喜歡他的包容，喜歡他的溫柔體貼，喜歡他的調皮，未來會有更多喜歡他的地方。

多麼慶幸我有那麼荒謬的原因，讓我能喜歡上他，也成為他喜歡的人。

我親吻他的額頭，鄭重地告訴他：「我一定會好好珍惜你，還有你的孩子們。」

他望著我怔了怔，主動埋進我懷裡，接著踮起腳尖，親吻了我。

「我也是啊，日畢先生。」

——《貓咪戀愛戰爭：貓奴追求者的受難日常》完

Love Battle V.S. Cats

番外

EXTRA STORY

貓咪戀愛戰爭

身而為人，或多或少骨子裡都有難以抵抗的劣根性，大則殺人放火，小則推倒別人疊好的骨牌，依靠後天養成的道德意識或禮儀培養約束自己的行為。

我遇到劣根性考驗已有一段時間，每天都是一場用毅力抵抗本性的戰爭。

今日的我依然以男友兼四個孩子繼父的身分來到薛家，在孩子們的爸盡心餵養時，我站在客廳書架前，嚴肅地凝視內有小噴泉的寶物怪碗。

——讓貓變成人類的寶物。

就算是不科學的事情，應該也要講究對稱美感吧。

反過來說，人類不能變成貓嗎？

大膽假設，小心求證。可是能怎麼小心？只能嘗一口試試看吧。

要是變不回人類，成為五廢寶……似乎也不是多糟糕的事情？

不，施日畢，要是只能當貓，有好多事情都不能做了。要是薛明睽不接受人獸交，我要怎麼度過發情期？不對，在那之前會被抓去閹了。

試喝這碗水的風險頗高。

然而人的劣根性就是越是不能越想試，每拒絕一次，便會助長內心的邪惡勢力滋生。

不用喝的，舔一滴就好，只是一滴水不會因此人生驟變吧？

我伸出食指沾上水面，緊張得能聽到自己的心跳聲，只要沾上舌頭就能滿足危險的求知欲，神似悖德的刺激快感令人眩目。

「日畢先生，可以……」

薛明睽的聲音和我含住手指的瞬間重疊，意思是就算要停止動作也沒有足夠的反射時間。

說不上什麼感覺，一滴水能嘗出什麼味道，身體也沒有奇怪反應，看來寶物怪碗沒有逆向功效啊。

「身體不舒服嗎？臉色不太好……」薛明睽頗為擔心，用手探測我的額頭溫度。

我老實說：「試喝了那個寶物碗裡的水，一滴而已。」

薛明睽一驚，「我沒想過能喝耶，你沒事吧？」

「沒事，沒什麼感覺。」

他前後左右查看我的身體，「日畢先生很調皮啊，居然去喝未知成分的液體，不會變成貓咪吧？」說到這個，勾起了他的興致，雙眸閃閃發亮，「好想看看啊，日畢先生變成貓貓，一定很可愛！」

說也奇怪，我忽然感到一陣暈眩，世界天旋地轉。

伴隨薛明睽一陣驚呼，暈眩感散去。重新張開眼睛，不知何時倒在地上，視線高度幾乎貼著地板。

薛明睽——

脫口而出的聲音變成了「喵——」。

我驚魂未定，僵硬地看向地板，一雙毛茸茸的貓腳近在眼前。我懷著最後一絲希望，控制屬於自己的手抬起來，映入眼簾的是一隻露出粉紅色貓科肉球的腳掌。

此情此景過於驚悚，嚇得我原地路倒。

一旁發出克制的叫聲，我想起薛明睽也在現場。想必被嚇得不輕，就算自己仍驚嚇得沒有頭緒，也得好好安撫他才行。

失去長長的手臂，只能用短短的貓手搭在他的腳背。

薛明睽蹲了下來，臉頰帶有興奮的潮紅，「日、日畢先生……斑點虎斑太可愛了……」

啊，原來是克制快樂的叫聲。

一點都不意外的反應，反而澆滅了我的恐懼。

「可以抱抱你嗎？」

他雙手的姿勢有點非禮的味道，不禁勾起另一層面的害怕。但我不能拒絕心上人的要求，於是點點頭。

他一手環過我的前腳腋下，一手摸到我的屁股，撐著後腳和臀部抱起了我，一如抱嬰兒般的姿勢。身體重量壓在他的臂彎，溫熱的體溫包覆全身，彷彿喚醒嬰兒時期的回憶。

不不不，施日畢醒醒，他是你老公，不是你媽。

我深情地仰望薛明睽，告訴他「我不是你的貓，是你喜歡的人」，可惜現場只有喵喵叫聲。

薛明睽聽不懂如此複雜的貓語，目光溫柔又甜蜜，「貓日畢先生也喜歡踏踏撒嬌呢！」

不知何時，前腳掌心踩著他的胸口張握踩踏，指甲不小心刮到相對凸出的地方，惹得他發出短促的呼吸聲。

薛明睽揪住我的手，耳朵紅紅的，「色鬼先生，變成貓也愛弄這裡。」

我們沒有做到最後一步過，但除此之外沒有一處是我沒舔過的。

都怪我變成貓，好想撲倒他……

「喵──」

這是豪車的聲音，明明是貓叫聲，可是我卻聽懂他的話了。

「哪裡來的發春野貓，薛明睽是發情期吸引機嗎？他這把年紀玩多P太累了。」

只是一個音節，為什麼能有如此複雜的含義？這個音節是被壓縮過嗎？只有相同種類的動物才能解壓縮嗎？

豪車跳上薛明睽的肩膀，與我四目相交。他愣了一會，遲疑地伸手打我一掌，「這味道有點熟悉，像奴才的性奴……」

他的用詞實在粗俗，我糾正他，「我是他的交往對象，不是性奴。」

豪車這次果斷地揮我貓拳，「果然是你！你是去舔我們的寶物嗎？變成貓是要爭寵嗎？你找死！」接著朝我露出犬齒，發出威嚇的低吼聲。

「豪車不可以打架，他是日畢先生啊。」薛明睽怕他傷害到我，將我放了下來。

客廳的吵鬧和第五隻貓的氣味引來其他廢寶注意，紛紛過來圍觀，見到斑點虎斑貓——也就是我，似乎踩到他們的理智線。

白米飯變回橘貓，僵在原地不知所措。

包太陽則是咬著尚方寶劍衝過來，在眼前三十公分處踩煞車，左右搖晃寶劍，不知道想表達什麼。

唯一仍在人類形態的梔子花，默默順了順銀髮，再次離開客廳。

薛明睽無奈地向大家介紹：「這隻虎斑貓是日畢先生，誤食飲用水變成這樣，你們不要欺負他。」

白米飯鬆懈幾分，繞遠路來到薛明睽後頭，隔著他的腳偷瞄，慢慢伸出腳掌意圖偷偷碰我。

包太陽驚恐地在白米飯旁邊說話：「喂喂，你太大膽了吧！怎麼敢碰奇奇怪怪的東西？」

「別吵啊，我一定要摸摸看……」

「咬你怎麼辦啊？」

白米飯腳尖一顫，但鼓起勇氣繼續往前伸直，「我就好奇啊，你不好奇嗎？」

「我也好奇啊！啊啊……快摸到了！」

到底有什麼好奇的？不都是貓？為什麼搞得像摸恐怖箱？

配合他的好奇，我先伸手碰了他，他卻像觸電似的跳了起來。

「啊啊啊啊！他動了他動了啦！」白米飯驚叫著。

「啊啊真的動了！他會動！」包太陽也跟著喵叫。

兩隻貓又驚又嚇，躲得遠遠的碎言碎語。

「我、我覺得要再碰一次試試看！」白米飯說。

「咦！他都摸你了，你真有勇氣！本府……」包太陽看向尚方寶劍，「本府要當有勇氣的公貓，也要碰碰看！」

「你年紀還小，不用勉強啦。」白米飯安慰他。

他們是在演哪齣……我到底該怎麼用貓世界的常識吐槽他們？

薛明睽喜歡貓咪們喵來喵去，像在對話似的很可愛。這次也不例外，蹲身托下巴望著嘰嘰喳喳的小朋友們。

「太可愛了……貓日畢先生聽得懂他們在說什麼嗎？」

我點點頭。

「那等變回日畢先生後，要跟我說喔！」

我點點頭。

想必薛明睽知道他們的對話後，又會是一陣被萌到呼吸困難的樣子吧。瘋瘋的，又很可愛。

薛明睽瞧眼時鐘，面露為難，「快到營業時間了，要臨時休店嗎……」

「喵！」不行啊！我朝他叫喊。

「嗯？不要嗎？」

好在他有一點貓星人語言能力，我用力點點頭。

「我不太放心耶……」

「喵！喵——」我是成年人了！不用擔心我！這才是原話。

薛明睽撓撓後腦杓，「不然晚上休息吧，也得觀察日畢先生的狀態。」

「喵……」給你添麻煩了，我會補上晚上的營業額的。

「那我先去做一些準備喔。」

薛明睽笑著抱起我，摸摸我的頭後才放下離開。

因為體積大幅縮小，感覺周圍事物變得巨大。被薛明睽抱起來時，離地距離遠少於我的人類身高，就算如此還是有點恐高，好比人類從十樓墜落的感覺。

得適應一下貓的體型啊。

我嘗試掌控嬌小的四肢，跳上茶几和沙發沒問題，但跳得上書櫃嗎？一頭撞上去很丟臉耶。

橘貓白米飯走到我旁邊，「你在幹嘛啊？」

「跳高。」

「那就跳啊。」橘貓輕盈一躍，炫耀似的在書櫃晃動尾巴。

我鼓起勇氣蹬腳跳躍，腳底板一滑險些撞牆，不過仍是成功跳到書櫃了。

「聽哥哥我的準沒錯吧！」白米飯得意洋洋。

小屁孩這就想踩我一頭！

「我比你年長，而且你沒有教我。」

白米飯不懂繁文縟節，愉悅地翹高尾巴跳到牆壁的架子上，「下一站在這裡！跳過來啊！」

……他是想教我，還是想跟我玩？

算了，反正我沒別的事情可以做，陪他玩玩也無傷大雅。

「你們在玩什麼！本府也要！」

老么包太陽不容許錯過玩耍的機會，蹦蹦蹦地跳到制高點，倒下來玩弄尚方寶劍。

回到樓上的薛明睽見狀，再次興奮地拍照，「你們在帶新貓貓玩嗎？太可愛了！貓日畢先生看這邊，啊啊……斑點好可愛喔！」

我只是想練習跑跳而已啊。

我坐姿筆挺，看著相機鏡頭等他拍完。

——施日畢本人突然消失，會對世界產生什麼影響？

這個命題浮現於閒閒無事的貓咪腦海中。別覺得我怎麼無聊成這樣，今天星期六卻不是「人貓共食小吃店」的公休日，決定臨時公告晚上時段不營業而已。

現在是營業時間，薛明睽去一樓上班。

變成一隻貓能做的事寥寥無幾，在屋子裡晃來晃去，動不動就想睡覺，晒著暖暖的太陽就舒服得邁不動腿。

感覺要變成廢柴——紅色警報聲響起，不得不喚醒身為人類的意志。於是找幾個問題訓練思維，而回到一開始的命題：找不到施日畢的第一天，會有什麼問題？

第一，沒辦法用同種類身分和戀人卿卿我我，今天還沒親到他。第二，每到吃飯時間會來找施日畢的管家……

完蛋，沒跟他說過我在哪裡。

我心頭一驚，望向牆壁的掛鐘，再過五分鐘便是正午十二點。

急忙衝下樓找薛明睽，焦急地告訴他：「管家要來找我了！你要跟他說我不在，不然他會問遍所有通訊錄的人，最後還會報警處理，太丟臉了你得快點告訴他！」

薛明睽只聽得到喵個沒完，卻不知道要表達的意思。他將我的前腳搭在肩上摟抱，拍撫我的背，「別緊張喔，我會好好照顧你的。」

怎麼回事……為什麼這麼舒服……

資深貓奴的撫摸太驚人了，圓圓的指甲撓撓後頸時更是舒服到不行，迷迷糊糊地忘記自己剛才在幹嘛。

他蹭了蹭我的頭，語氣溫柔卻帶有些許落寞，「日畢先生平時話不多，變成貓貓後好會說話啊。好想知道你在說什麼，變回日畢先生後再跟我多說一點喔。」

平時多半是他在說我在聽，光是這樣就很滿足了，卻沒想到他也想聽聽我的故事。沒辦法向他表達我的心情嗎？

我想起之前他說過的話，朝他叫了一聲。當他看向我時，我緩慢地眨了眼睛，表達我的愛意。

他綻開笑靨，「我也好喜歡日畢先生。」

說完，他抵著我的額頭蹭了蹭撒嬌。

貓生活太幸福了……我快被幸福感給溺死了。

管家提著午餐過來店裡，瞧見我和薛明睽你儂我儂現場，愕然失措。

「薛先生——」

我沒見過他這麼失態的樣子，該不會剛才聽見薛明睽叫我名字了吧？

管家放下午餐，神情凝重地從外套內袋掏出肉泥條，「新上任的虎斑貓貓陛下，這是微臣的小禮物，請笑納。」

薛明睽愣住了，在不能解釋我是誰的情況下，只好望向我求救，把現場問題交給我處理。

放心，身為管家的主人，我會好好教育他。

我一掌拍掉肉泥條，又一掌打他的手背。

管家摀著嘴，「謝主隆恩！肉球軟軟的好萌！」

……差點罵髒話。

管家拍了幾張相片，深呼吸幾口氣冷靜下來，「抱歉，看到新的貓貓失態了。這是薛先生的第五隻貓嗎？」

「不是……？他是、是親戚寄養的！」

薛明睽意圖說謊就結巴，還是很可愛喔。

管家不疑有他，更在乎貓咪本身，「可惜不能常常看到陛下，他叫什麼名字呢？」

為了圓謊，薛明睽眼珠子都開始飄移了，「日、日……日清先生！」

什麼名字都好，為什麼偏偏要跟管家湊CP名啊？

「很文雅的名字，看來取名的人很喜歡日清泡麵吧。」

好險管家貓奴症候群病入膏肓，好險他只會跟我鬥嘴，要是我能開口一定吐槽文雅的泡麵是什麼。

「哈哈……對啊……」薛明睽尷尬到不行，直接轉移話題，「清奧先生有什麼事嗎？」

「啊，差點忘了。」管家忘記自己的目的，重新拿起午餐，「少爺在這裡嗎？打他手機沒接。」

沒想到換了話題又得說謊，薛明睽都快崩潰了，乾笑道：「在、在我家沒錯，他可能……可能在、在……睡覺？」

薛明睽的說謊技術，讓我若有芒刺在背。

「您在工作，少爺在睡覺，如此小白臉行為不可取。」管家義憤填膺，又問：「我可以直接拿給少爺，並提醒少爺言行失當嗎？」

薛明睽要點頭又像搖頭，讓人捉摸不清，最終也受不了自己扭扭捏捏，用含糊的實話相告：「他不在我家但東西還在，現在找不到他，可能晚點就回來了。」

管家聽得一頭霧水，「神隱少女？」

……再次差點罵出髒話。

不小心戳到薛明睽的笑點，他急忙向我做出道歉手勢。

管家想了想，嘆道：「少爺將東西隨意扔在您的家中，請讓我替您整理乾淨吧。」

「不用啦……」

「不行，您辛苦照顧四個毛小孩，不能再讓少爺麻煩到您。」

管家再三堅持，薛明睽敵不過軟磨硬泡也就答應了，但他怕四廢寶露餡，先確認他們都在店內才同意管家上樓整理。

我不放心，跟在管家後面監視，沒想到竟然試圖偷摸我，見一次打一次。

「奶凶奶凶的太可愛了吧……」

要是知道我就是施日畢，看你還說不說得出口。

太委屈了，居然只有我被噁心到。

管家走向客廳，一進門就定住，隨即搖頭晃腦的嘆氣，「居然把全身衣服和內衣褲都脫在別人家……到底做什麼事我一點都不想知道。」

冤枉啊！那是變成貓咪的關係啊！

管家戴上拋棄式手套收拾環境，掏出各種清潔用品，順手將客廳打掃得一塵不染。

他再次走向我，拿出第二包肉泥條，這次撕開了包裝，一股肉香撲面而來。我聞過好幾次氣味，可是從未感受過渴望的騷動。

不、不會的。

身而為人，骨子裡或多或少都有難以抵抗的劣根性，但也有必須堅守的原則。

我不喜歡吃肉泥——！

我憋住氣，拔腿狂奔，激動得什麼都沒想，衝下樓後還在店裡奔來跑去，直到被化為人類的豪車抓住。

「找死嗎？在我的地盤亂搞？」豪車拍拍我的臉頰。

「別欺負他啦……」薛明睽將我抱到肩上拍撫，「沒事，沒事了喔。」

眼看剛才亂衝亂跳的路線一片狼藉，我思緒異常混亂。這一點都不像我，為什麼會做出拖累薛明睽的事？

想向薛明睽道歉，可是只剩下貓叫聲，我們沒有共通語言。

我感到很難受又無處傾吐，逃出薛明睽的懷中鑽出後門，躲進狹小的儲藏室角落的紙箱。因為剛才暴衝擦撞，大腿隱隱作疼，我舔了舔傷處，蜷縮成一團。雖然世界變得很小，但隱約產生了些許安全感。

我睡得半夢半醒，似乎睡著了，可是又能感知周圍的情況。

這也是貓的習性嗎？感覺快不是自己了……

難道我會因為一滴水而再也變不回人類嗎？

恍惚間，傳來儲藏室門打開的聲音，一道光照進紙箱。我聞到熟悉又眷戀的氣味，薛明睽找到了我。

他撫摸我的身體，眼眶泛淚，「對不起，日畢先生。突然變成貓一定很驚慌吧，我還那麼可惡放你一個人……」

「跟你沒有關係……算了，你也聽不懂。」我放棄用只剩喵喵叫的聲音解釋了。

「他說跟你沒關係。」豪車在門外。

沒想到他會替我翻譯，我承蒙這次好意，繼續說：「變成貓沒有什麼，看你那麼高興就好，但我不想變成不是我的樣子，這讓我有點害怕，不是你的關係。」

豪車翻了翻白眼，道：「總之，他說不是你的關係。」

喂，有些話不能總結啊！

薛明暌擦去眼角淚珠，吸吸鼻子，朝我伸出掌心，「日畢先生別怕，我們一起想辦法。」

「是啊，一起。」我抬起貓掌蓋上去。

一滴水的效力有多久？沒有人知道，就算流浪過的豪車知道寶物的存在，也未曾聽聞人類偷喝的案例，不清楚後續會如何。

為了讓薛明暌聽懂會談，豪車變成人類便於溝通，「沒想過會有人類去喝，愚蠢的人類。」

「沒想到還有這種風險，不然我就藏起來了。」薛明暌撫摸窩在大腿的我，思考了會，「找得到那隻黑貓嗎？牠應該知道怎麼處理吧？」

豪車聳聳肩，「過了這麼久，誰知道在哪裡。」

「我也沒有頭緒……」

就算我只是一隻貓，也是有擔當的貓，我說：「禍是我闖的，我會自己去找，拿出所有私房錢找出真相也在所不惜。」

豪車對於我的話愛理不理，見情況翻譯，「他說要把錢給我們。」

我抗議：「喂，意思差太多了。」

「有本事自己說。」他撇頭不理。

真氣人。

薛明暌好聲好氣拜託豪車：「再幫忙想想看好嗎？你應該不想要我收編日畢先生吧？」

「不可以。」豪車打了個冷顫，搓搓手臂仰頭思考，「寶物是實現你的願望，說不定只要你許願就可以解決。」

薛明暌和我面面相覷，約莫是回想到那時的話。

——好想看看啊，日畢先生變成貓貓，一定很可愛！

他發出驚嘆聲。我則是跑到茶几的寶物碗前，殷切地望著心上人。

薛明暌雙手合十，虔誠地跪在沙發，向寶物祈願，「請讓日畢先生恢復成人類吧！」

頃刻間，光芒四起——

我期待的事情，並沒有發生。

薛明暌不甘心，繼續許願，「因為我的無知而讓日畢先生陷入困境，希望日畢先生能恢復成人類。」

依然沒有。

豪車讓我喝一口水，再許願一次，依然沒有轉機，他也別無他法，「養在他自己家，不准你收編。」

他放棄幫忙，打著哈欠回貓窩睡覺。

暫無其他方法的薛明睽不停拚命許願。

「要我做什麼都可以，請讓日畢先生恢復吧。」

「我不想讓日畢先生難過。」

「對不起，我不該許願的……」

「還是日畢先生好……請把日畢先生還給我……」

他的聲音越來越哀切，我實在心疼，跳到他的腿上蹭蹭他。

「總會有辦法的，不要難過，不要覺得是自己的錯。」

薛明睽將我抱在懷裡，「還是我也喝一口，跟日畢先生一起當貓咪？」

「不可以！」我用貓拳輕打他。

「好啦，我得負責照顧你，不能一起。」他握住我的手，「我聽不懂你在講什麼，但你聽得懂，那就我來說說話吧。趁此機會，我偷偷跟你說……」

我能做的就是望著他，讓他知道我在聽。

「我可是母胎單身，直到被日畢先生打破呢。」

雖然意外，但也不太意外。

「哈哈，不曾有人對我示愛，你是第一個呢！雖然驚慌，但回過神來卻很高興，那之後常常夢到日畢先生。」

真的啊？看來我拿下不少第一個，說說看夢過什麼。

「有點丟臉。之前不是看過你勃起，有幾次夢到想脫掉那層褲子，可是總是冒白光……」

春夢打碼會天怒人怨，我懂。我也在夢裡剝過你不少次，甚至快做到最後一刻，但總是有很多聖光或直接喊卡。

「啊呀，不講這個了，不想對著貓日畢先生起立啊。」

我偷偷用貓腳踏踏他的兩腿間，被他揪住制止。

「……等你變回人類再摸。」

等我變回來，不會只有摸。

「話說，之前問你為什麼喜歡我，你說一見鍾情但不要問為什麼，是不是覺得被鬼遮眼才這樣啊？」

我沒有！這是奇蹟般的機率，奇蹟都是難以解釋的。

「你沒問我為什麼會喜歡你耶？不想知道嗎？」

我會讓你越來越喜歡我，為此一直在努力增加自己的優點。

「日畢先生會喜歡我是奇蹟，我抵抗不了奇蹟啊。」

感覺答案有點偷吃步啊，我不接受喔。

他鼓著腮幫子捏捏我的耳尖，「好氣喔，都是我洩露祕密。日畢先生欠我好幾個祕密，回頭要補給我。」

一定知無不言，言無不盡。

他抱著我躺在沙發，揉揉捏捏我的肚皮，脆弱的地方任人宰割是有點可怕，可是我知道他不會傷害我。

他自主停止動作，靠在我的後頸，「日畢先生，好想你，好想看看你，好想跟你說說話……」

語調落寞情緒低落，這不適合慵懶又笑容滿面的薛明睒。雖然是他對我的心意，但不想透過讓他受傷的方式展現出來。

「不要難過。」

我靠著他的肩頸，喉間發出呼嚕呼嚕的聲音，我知道他很喜歡，希望藉此安撫他的情緒。

清晨陽光灑落室內，光線刺眼得不大舒服，緩緩睜開眼睛後仍不在狀態，腦袋尚未開機完成，望著天花板發呆。

被什麼壓著的關係，呼吸有點困難。

我抬起手，視野多了一隻熟悉的，長著五根手指的掌心。

——變回人類了。

我仍在沙發上，而薛明睽則是壓在我身上睡覺，八成是昨天我們就這樣睡著的關係。

我不介意多躺一會，可是變回人類後一絲不掛，連條內褲都沒有。

不對，都什麼關係了，裸體相擁入睡也是合理的。

我安心地環住他的身體，繼續享受幸福。

自始至終都不知道為什麼變成貓，又為什麼變回人。

《伊索寓言》藉由夏娃不能偷吃蘋果告誡我們，我又犯了手賤之忌，懲罰一日貓咪體驗，把知情者嚇得半死，真的不能再亂來了。

我心有餘悸，認真反省自己的罪過。

薛明睽睡姿一向豪邁，無法忍受被箝制成一個姿勢，雙手展開打向我的下巴，我沒忍住吃痛聲。

「嗯……？」他緩緩睜眼，「我打到什麼東西……」

我苦笑道：「施日畢。」

他一時沒反應過來，摸摸我的下巴，「對不起喔……」

摸了一會，他漸漸暖機完成，猛地睜圓了眼睛，「日畢先生變回人類了！」

我撫向他的臉頰，「抱歉，讓你擔心了。」

他抿抿嘴，埋在我的胸膛。他可能沒料到男友一絲不掛，眼淚硬生生吞了回去，面容染起暈紅，趕忙從我身上下來。

原本我還有點局促，但他反應那麼大，反而勾起一點逗弄的興頭。

我故意兩腳分別跨在他的兩側，把他夾在中間，笑道：「不是想看無聖光版？」

「太過分了啦！快忘掉昨晚說的話！」薛明睽縮成一團，耳根子紅紅的。

我學他昨晚捏我耳尖那般，湊到他耳畔，「忘不掉。」

「唔……」他摀著耳朵，回首瞪我，「那得跟我說幾個祕密才公平。」

這一眼撓得心癢到不行，我攔腰抱起他，「好，我們去說悄悄話。」

「說悄悄話幹嘛抱我……要去哪裡？」

「昨晚說了那麼多刺激我的話，我們去床上，我說點刺激的祕密給你聽。」

薛明睽臉紅得快燒起來，沒有抵抗，掩著臉小聲道：「不、不可以太刺激喔……」

「好。」

我笑著進入主臥，關門上鎖，抱他入床，俯身在上親吻他的臉頰。

我常常夢到你。

我想跟你做愛。

我也好想你。

好喜歡你。

如果是這些祕密，我都想讓你知道。

我還有很多很多藏在心裡的話，都想說給你聽。

——來日方長，你想先聽什麼？

——〈番外〉完

——《貓咪戀愛戰爭：貓奴追求者的受難日常》全系列完

Love Battle V.S. Cats

後記

AFTER WORD

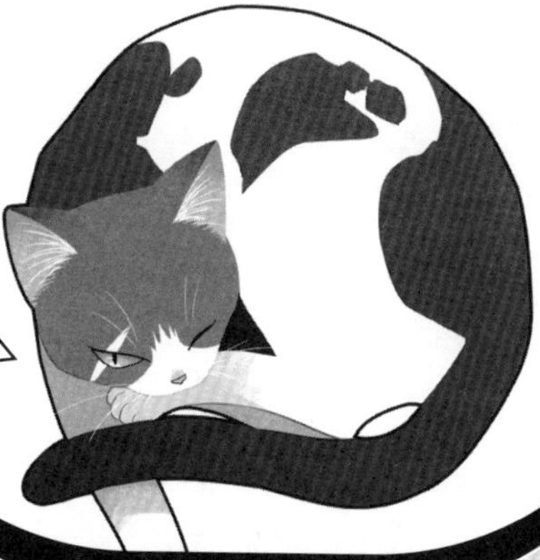

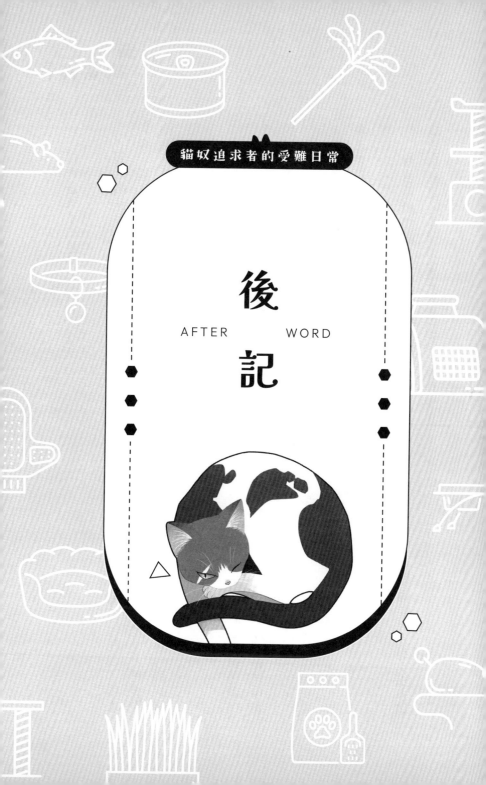

貓咪戀愛戰爭

這裡是養了一隻橘貓壽司的下末方。

因為職涯發展而流浪多個縣市和居所，跟好幾位貓奴相處過，我和壽司也認識了很多貓咪。貓咪們交流的樣子太可愛了，每天靠著吸貓回血，於是想像一下貓咪變成人類後的種種習慣，有點萌萌的，若變成人類樣貌來做，對於追求者來說想必是一場吃酸吃到飽的戰爭吧，於是有了這個故事。

寫稿期間，筆下寫著貓，腦內轉著貓咪故事，打稿被貓阻撓，在這個狀態下擠著腦內多巴胺和貓貓能量，榨乾了就吸一吸我們家壽司回血，永續經營又環保，雖然有點快中毒的感覺啦。

這次請到從學生時代就一直很喜歡的頸椎老師擔任封面繪師，激動又興奮啊！畫出許多可愛貓貓本的老師，也將四廢寶畫得好可愛！太、太感激了（淚流滿面）！

謝謝編輯和朧月書版提供出版機會，能夠在這裡跟大家見面真的很開心，寫了很多貓貓也很滿足，希望這本書能帶給你一點快樂！

下末方

Love Battle V.S. Cats

高寶書版集團
gobooks.com.tw

FH081
貓咪戀愛戰爭：貓奴追求者的受難日常

作　　者　下末方
繪　　者　頸椎
美術設計　張新御
編　　輯　薛怡冠
校　　對　賴芯葳
排　　版　彭立瑋
企　　劃　李欣霓

發 行 人　朱凱蕾
出　　版　朧月書版股份有限公司
Hazy Moon Publishing Co., Ltd
地　　址　臺北市內湖區洲子街88號3樓
網　　址　www.gobooks.com.tw
電　　話　(02) 27992788
電　　郵　readers@gobooks.com.tw（讀者服務部）
傳　　真　出版部　(02) 27990909　行銷部 (02) 27993088
郵政劃撥　19394552
戶　　名　英屬維京群島商高寶國際有限公司台灣分公司
發　　行　英屬維京群島商高寶國際有限公司台灣分公司 / Printed in Taiwan
初版日期　2023年12月

國家圖書館出版品預行編目(CIP)資料

貓咪戀愛戰爭：貓奴追求者的受難日常 / 下末方著.-- 初版. -- 臺北市：朧月書版股份有限公司出版：英屬維京群島商高寶國際有限公司臺灣分公司發行, 2023.12-
面；　公分.--

ISBN 978-626-7362-10-5 (平裝)

863.57　　112015265